いま読む！名著

吉本隆明『共同幻想論』を読み直す

震災後の日本で戦争を引きうける

田中和生
Kazuo TANAKA

現代書館

いま読む！名著

震災後の日本で戦争を引きうける

吉本隆明『共同幻想論』を読み直す

＊

目次

序章

震災後の日本で

「いつからこんな国になったのかしら」

二〇一六年三月に刊行された桐野夏生の長篇小説『バラカ』は、東日本大震災が起きた二〇一一年三月一一日のしばらくあと、文芸誌「小説すばる」の二〇一一年八月号から二〇一五年にかけて連載された作品だ。作者自身が震災後の現実を見ながら書いたせいもあるだろうが、大震災が起きてからの日本がきわめて生々しく描き出されている。

冒頭にある「プロローグ」で、震災にともなう原発事故によって放射能で汚染され、居住できない状態になっている地域が、群馬県まで広がっていることがわかる。次第に明らかになるように、作品で描かれている「震災後の日本」では、福島第一原子力発電所の一号機から四号機まで、すべてが爆発を起こしたのである。

もちろん実際に爆発を起こしたのは、いまもその傷跡が生々しい一号機と三、四号機で、福島県を中心とする放射能汚染は、そのことによってもたらされた。だから原発四基が爆発したというのは小説らしい虚構なのだが、しかしその虚構によってしか語ることのできない真実がある。それは、現在のように震災による被災地とそれ以外の地域、放射能汚染に苦しんでいる地域とそうではない地域に分かれてしまったあとでは指摘しにくいが、二〇一一年三月の時点で原発事故はもっと過酷なものでありえたし、その後の放射能汚染もさらに広い地域におよんでいておかしくなかったということである。

いわば『バラカ』で描かれている「震災後の日本」は、そうだったかもしれないもう一つの現実である。とりわけ放射能汚染に苦しんでいる地域とそうではない地域の線引きがし直されていることによって、そこでは震災前から震災後への変化がより強調される結果になっている。なぜなら作品は、二〇一〇年を舞台にして震災前の日本のあり方を思い出させる第一部「大震災前」から、震災が起きる前後の出来事を再現する第二部「大震災」へとつづき、さらに震災から八年後となる未来の日本のあり方を想像した第三部「大震災八年後」までの出来事を追っているが、たとえばその原発四基が爆発した「震災後の日本」における二〇一九年の東京は、原発事故による放射能汚染で避難勧告地域に指定され、西日本方面に避難した住人の半数以上が戻ってこなかったため、ちょうど放射能汚染に苦しむ地域になっているからである。

そうして東京が避難勧告地域となった「震災後の日本」では、首都機能は大阪に移って天皇も京都御所に移動している。企業や大学の多くが移転し、八年のあいだに子どもや若い女性の姿は見られなくなった。代わりに外国人労働者や移民、非正規雇用者ばかりがそこで暮らす、どこか猥雑な大人の男のための街になった。翌年の二〇二〇年には、大阪でのオリンピック開催が予定されており、原発の廃炉や関東地域の除染をはじめ、再遷都の噂が絶えない東京での解体工事やオリンピックの工事など、条件を問わない者のための仕事は少なくない。

それは震災前には存在しなかった、しかし震災後に放射能で汚染された地域で存在しうる、もう一つの日本である。しかもそのもう一つの日本は、たしかに存在してそこに住んで生きている人々がいるにもかかわらず、見えにくいものにされている。作家のすぐれた想像力が生み出したこの

「震災後の日本」が示唆的なのは、現実より過酷な原発事故が起きることによって、東京を含む東日本全体と首都が移った西日本全体が、きわめて対照的なものとして見えてくることである。

一方には放射能で汚染され、自分が住んでいた場所を追われたり自分でそこを離れたりした人たちが、あまりよくない労働条件で働く地域がある。もう一方には放射能汚染を免れ、原発事故などなかったかのように経済活動を優先し、きらびやかな国際行事を推進する地域がある。巧妙なのは、オリンピックを開催する西日本と安い労働力を提供する東日本が依存関係にあるということで、だからそうした「震災後の日本」のあり方自体に対する疑問も表立っては言えないものになる。そこから、二〇二〇年に東京でオリンピックを開催しようとしている現在の日本にほとんどそのまま重ねられる、首都機能のある西日本側こそ本当の「日本」であるという感じ方も出てくる。そうすると東日本側がその「日本」から見えにくいものになるのも仕方がないし、それを正当化するような仕事をしている人物も作品には登場する。

作品の後半になって、自分を保護してくれるあらゆる大人を失った状態で被災地に放り出されていた幼い「バラカ」は、見えにくいものにされている東日本側の人々のなかで育てられ、どうにか小学生になるまで成長している。しかし自らの出自を知ろうとして、さまざまな思惑をもつ大人たちに翻弄される「バラカ」は、やがて法的には義父だが「バラカ」にまったく愛情をもっていない、西日本側に立つ政府系の仕事をしている男「川島」によって、放射線量がそれほど低くならないまま避難指示解除準備区域となった被災地の小学校へ、むりやり通わされることになる。そこから逃げ出そうとする「バラカ」は、手助けをしてくれる被災地の大人と、次のような印象的な会話を交わしている。

「中西さんは、タノちゃんのお母さんと友達なんですか？」

冷蔵庫から麦茶のポットを出して、グラスに注いでいた中西が振り向いた。

「理恵さんはご主人の仕事でW市に来てから、ずっとボランティアで仮設住宅に来てくれているのよ。もう震災から八年も経ったから、まだ仮設住宅があって、ここで避難民が暮らしているなんて、今の日本人はほとんど忘れているでしょう。オリンピックとかワールドカップとか、前の方ばかり向いているから」

中西は、座卓に麦茶の入ったグラスをふたつ置いて、畳に座った。顔と反対に、手は荒れていた。

「オリンピック嫌い。自分がそれどころじゃないから」

「あたしたちはみんなそうよ。いつからこんな国になったのかしら」中西が、窓の外に目を遣った[*1]。

ここで「いつからこんな国になったのかしら」と感じている「中西」は、ほとんど「震災後の日本」を「日本」として信じていない。それは被災者である「中西」が東日本側に釘づけられ、しかもそこは放射能汚染を免れてオリンピックを開催できる地域とは、まったく別の「日本」だからである。この「中西」は「バラカ」を育てた人々のように「震災後の日本」を覆すため、命がけとなる反原発運動に身を投じるわけでもなく、被災地で仕事をして生きていくことを選択する、ありふれた市民のひとりとして描かれている。にもかかわらず、このせりふに強い説得力が感じられるところに、作者が対照的なものと見立てた東日本側と西日本側の本質的な亀裂が表現されている。

こうして、大震災が起きてからの日本を描いた小説を紹介してきたのはほかでもない、震災後の日本では被災地から見える「日本」とそれ以外の地域から見える「日本」が異なっており、また『バラカ』において東日本側と西日本側を区切っていた分断線は、現在の日本をどんな「日本」と見るかによって、おそらく日常のあらゆる場所に引かれるということを示したかったからである。いわば震災後の日本は「日本」という国民国家の像が分裂し、その分裂した像をめぐってさまざまな矛盾が噴出する場となったが、だとすればかつて一九四五年の敗戦後に生まれた「戦後日本」という国家のイメージが分裂していた一九六〇年代に、国家の幻想性を徹底的に論じようとした吉本隆明の『共同幻想論』を読み直すのに、これほどふさわしい時代はないように思える。

「平和」と「民主主義」はどこにあるのか

実際、原発事故後の放射能汚染についての情報が国民にとってあまり「透明」とは感じられなかったにもかかわらず、早くも二〇一一年一二月には、原発事故が収束したと民主党政権だった当時の野田佳彦首相は宣言した。また現在までつづく、自民党政権の安倍晋三首相がその認識を引き継いで、二〇一三年九月に行われた五輪誘致のプレゼンテーションでは「The situation is under control.」と発言し、福島から東京への事故後の影響がないことを強調した。そうして二〇二〇年には東京でオリンピックを開催することになった「日本」について、その欺瞞や虚偽を指摘する文章が次々と書かれたが、なかでももっとも話題となった著作の一つが、二〇一三年三月に刊行された白井聡の『永続敗戦論』だろう。

そこで白井は、緊急時迅速放射能影響予測ネットワークシステム（SPEEDI）のデータを国民に公表しなかった政府、全電源喪失による原発事故が「想定外」だったとくり返し説明する電力会社などを、日本列島に住むほとんどの人々に対する「侮辱」を意味するものとして数え上げ、それらを監視する役割をもつマス・メディアや研究機関を含めて、そこには戦前や戦中の日本と変わらない「無責任の体制」があると指摘している。そしてそのようなことが明らかとなった震災後の日本は、しばしば平和と繁栄を長く享受してきたと言われる日本の「戦後」の終わりを意味するが、それは一九四五年の「敗戦」時にその構図ができあがりつつあったアメリカ合衆国とソビエト連邦による東西冷戦という状況下で、西側だったアメリカに徹底的に従属するというあり方で日本の「戦後」がはじまっているからである。

つまりアメリカに従属することが、平和憲法をもち経済的繁栄を達成することになった日本の「戦後」を生み出したが、それは逆に言えば日本を「敗戦」時のあり方に釘づけることも意味する。

だからそこには震災後明らかになったように、戦前や戦中の日本とおなじ「無責任の体制」が延命している。白井はそうした状況を「永続敗戦」と名づける。

わたしも原発事故を引き起こすほどの震災が「想定外」だったとくり返す電力会社、事故による放射能汚染は「直ちに影響が出るものではない」と連呼する政府を目の当たりにして、一九四五年の敗戦時からほとんど「日本人の大部分の歴史認識・歴史的意識の構造が変化していない」のではないかと感じた。同様の感想は、二〇一二年に刊行された笠井潔の『8・15と3・11――戦後史の死角』でも書きつけられているが、その意味で白井聡の『永続敗戦論』は多くの日本人が受けた印象をうまくとらえ、それにふさわしい「永続敗戦」という名前をあたえることに成功したと言える。

いわば平和と繁栄を実現し、民主主義的だったはずの「戦後」日本が、実は一九四五年の敗戦時と変わらない、否定されるべき「日本」だったというのが、震災後に突きつけられた数々の「侮辱」的な事実に対する怒りに満ちた、その著作における論者の主張にほかならない。だとすれば戦前や戦中とおなじ「無責任の体制」のまま、二〇二〇年には東京でオリンピックを開催する「日本」は、その虚偽や欺瞞を正されなければならないが、そうした見方をさらに裏づけるように、安倍首相の自民党政権は次々と「戦後」の前提だったものを裏切るような政策を実現している。

たとえば二〇一三年一二月には、国民の知る権利を侵害する可能性を指摘されながら、国の安全保障に関する重要情報を「特定秘密」に指定して厳重に管理し、漏洩した者に厳罰を科す特定秘密保護法を成立させ、また二〇一四年七月には、戦争の放棄を掲げて戦力保持および国の交戦権を認めない日本国憲法第九条によって、憲法制定以来行使できないと解釈されてきた集団的自衛権の行使を容認する閣議決定を行った。そして二〇一五年九月には、憲法違反であるという法律の専門家からの指摘があったにもかかわらず、憲法上軍隊ではないと見なされている自衛隊を海外へ派遣できる要件を定めた、安全保障関連法案を成立させた。かなり強引に進められたこれら一連の施策は、マス・メディアによる批判から一般市民の抗議デモまで引き起こし、あまり民主主義的に見えなかったことは間違いない。それでも安倍内閣の支持率は減少傾向のなか不支持率を上回り、安全保障関連法案が成立した二〇一五年後半に一度逆転した以外は、四割以上を維持している。

こうした状況に対し、苛立つようにして二〇一五年三月に刊行されたのが、二〇一二年以来の第二次安倍政権を厳しく批判している内田樹が依頼し、白井聡を含む九人の書き手たちが文章を寄せたアンソロジー『日本の反知性主義』である。そこで内田は、特定秘密保護法の国会審議で浮き彫りになった民主主義の危機について「さまざまな市民レベルからの抵抗や批判の甲斐もなく、安倍政権による民主制空洞化の動きはその後も着実に進行しており、集団的自衛権の行使容認、学校教育法の改定など、次々と『成果』を挙げています[*2]」、「しかし、あきらかに国家主権を蝕み、平和国家を危機に導くはずのこれらの政策に国民の40%以上が今でも『支持』を与えています[*3]」と現状を確認し、次いで「これは先の戦争のとき、知性的にも倫理的にも信頼しがたい戦争指導部に人々が国の運命を託したのと同じく、国民の知性が（とりわけ歴史的なものの見方が）総体として不調になっているからでしょうか[*4]」と問題を提起している。明らかに白井聡の「永続敗戦」と重なる問題意識だが、そこからリチャード・ホフスタッターが一九六三年に刊行した『アメリカの反知性主義』を参照して「反知性主義」という言葉を借り、内田は日本の反知性主義について共同研究するつもりで文章を依頼した、とそのアンソロジー編集の意図を説明する。

特集に「反知性主義と向き合う」と掲げた「現代思想」二〇一五年二月号などに対してもすでに指摘があるが、アメリカ合衆国における伝統に根ざしたけっして否定的な意味だけではない「反知性主義」という言葉が、日本ではあまり「知性」的とは思えないふるまいに対して否定的な意味でだけ使われている。その問題は別にして、一九四五年の「敗戦」時とおなじ「無責任の体制」であると見なされる安倍政権の「日本」が、戦前や戦中と変わらないやり方で政策を実現してそのことに国民が気づいていないのだとすれば、たしかに「国民の知性が(……)不調になっている」と言えるかもしれない。

だからそのアンソロジーに「反知性主義、その世界的文脈と日本的特徴」という文章を寄せている白井聡は、震災後に虚偽であることが判明した平和で民主主義的な「戦後」を支配する「無責任の体制」が支持されている理由を探るため、ネオリベラリズムやポストモダニズムという「世界的文脈」を参照しつつ、震災前に遡ってバブル経済が崩壊したあとの二〇〇〇年代における小泉純一郎首相による自民党政権時代から、すでに日本では「反知性主義」が進行していたと指摘する。白井によれば、それは「バブル崩壊以降、ケインズ主義政策はもはや効果を失い、ネオリベ化・グローバル化の進行とともに、戦後の経済発展が実現した総中流社会が崩壊へと突き進んできたわけだが、政治がその流れを食い止めようとはもはやしないのだ。だが、そのような姿勢をいかにして国民の多数派に支持させるのか。そこで、反知性主義に貫かれた階級政治の手管が要請される[*5]」という事情があったからである。

こうして当時、その「反知性主義」的な「政治の手管」によって小泉政権を支持したあまり「知性」的とは言いにくい者たちが、震災前からそうだった「永続敗戦」という状況に気づかずに「無責任の体制」を支持する潮流が生まれ、それは震災後の現在までつづいている。だとすれば、震災後に「無責任の体制」であることが明らかになった政権を支持している者たちは、論理的には震災前以上に「知性」的ではなく、また高い支持率を実現している政権側の「政治の手管」は、より「反知性主義」的であることになる。

……かつては被治者は治者を信頼して権力を預ける一方、治者は被治者に対する敬意を持って統治権を行使するという了解があった。こうした相互のエートスは現実と乖離した理想ではあったが、少なくともそうした建前を維持することが求められていた。今日、安倍政権支持者に典型的に見て取れる態度は、合理的な信頼ではなく軽信・盲信であり、それは当然崇拝に接近する。他方、治者の側は、被治者を自分で自分の首を進んで絞める愚昧な群衆として扱い、そこからたっぷり搾り取ろうというスタンスに変化する。[*6]

こういう見方も、たしかに可能だろう。それは震災後に描かれた「日本」という国民国家の、一つの像である。

しかしわたしが気になるのは、編者である内田樹も含め、白井聡が「戦後」的な理念である「平和」と「民主主義」を守る側に立ち、そこから安倍政権による「日本」が虚偽だと主張していると感じられることである。というのはその守られるべき「平和」と「民主主義」は、いったいどこにある「日本」に存在しているのか。

なぜなら震災後の日本で明らかになったのは、白井自身が「永続敗戦」という言い方で表現したように、その「平和」と「民主主義」が存在していたはずの「戦後」自体が、虚偽と欺瞞に満ちたものだったという現実だからである。

見えない分断線を越えていくために

そうして日本の「戦後」が虚偽であったとすれば、そこに存在していると思われていた「平和」も「民主主義」もまた、虚偽であるという感じ方がありうる。

もちろん理念としての平和や民主主義は素晴らしいし、それが二十一世紀の世界で肯定されるべきものであることは、ほぼ常識に属している。しかしその平和や民主主義が、本当に日本の「戦後」にあった「平和」や「民主主義」とおなじものであるかどうかは、簡単にはわからない。

だから、たとえば「戦後」が守ってきた「平和」や「民主主義」を破壊しなければ、真の意味における平和と民主主義は実現できないという考え方も、論理的には可能である。第二次安倍政権が次々と実現している施策が、そういう考え方によるものかどうかはわたしには判断できないが、しかし震災後わかったように「戦後」が虚偽であったから、戦前や戦中と変わらない「無責任の体制」である政権を批判し、それによって「戦後」が実現してきた「平和」と「民主主義」を守るという考え方には、どこかで虚偽と真実をめぐるすり替えがある。こうして政権側を「反知性主義」と見なし、それを批判する側に真実と虚偽を区別する「知性」があるかのような単純な二項対立に基づく言葉では、震災後の日本で「平和」と「民主主義」を真実のものとしていくのは難しいだろう。

なぜなら「戦後」日本が虚偽であるという感じ方は、震災後の日本で「平和」と「民主主義」を守ろうとして政権を批判している論者だけのものではなく、いわゆるヘイトスピーチを行うことで知られる「在特会（在日特権を許さない市民の会）」にも通じるものだからである。むしろ震災前の二〇〇六年から活動をはじめ、しばしば指摘される在日韓国人や在日朝鮮人といった「在日」が日本で差別されているというのは事実ではなく、逆に外国人でありながらさまざまな「特権」を獲得していることで日本人に対する差別的な存在になっているという「戦後」的な常識をくつがえす主張をして、震災直後の二〇一一年四月には一万人を超える会員を獲得していたことを考えれば、それは「戦後」の虚偽を指摘する先駆的な団体であったと評価することもできるのである。

二〇一二年に刊行された安田浩一によるルポルタージュ『ネットと愛国　在特会の「闇」を追い

かけて』は、その「在特会」がインターネット上や街頭で行う在日コリアンに対する誹謗中傷に憤りながら、設立者である桜井誠をはじめ会員や関係者に徹底的な取材をして、どのような人たちによる団体なのかをできるかぎり明らかにして理解しようとした労作である。それによれば、ごく普通のなんとなく「うまくいかない人たち」がふとしたことで日本のあり方に疑問をもち、ネット上の主張や実際のデモを記録した動画を介して「在特会」の主張に共鳴し、そうして「在日」の被害者である自分という存在を見出して活動しているのだと言う。たとえば「桜井会長を尊敬している」と言い切り、自動車整備士をしながら活動に参加している三十代の男性に取材すると、彼は中学と高校で学んだ「同和教育」が嫌だったと語り、二〇〇〇年代に明らかになった北朝鮮による拉致事件について触れて、「僕は拉致事件がどうしても許せなかったんです。いったい北朝鮮とはどんな国なのか。ネットで検索を重ねるなかでヒットしたのが在特会の動画。これによって北朝鮮のことだけでなく在日の存在もまた、日本を危機に追いやっているのだと理解することができました。真実を知ってしまったんですよ[*7]」と主張する。

こうして主にネット上で結びつけられる「在特会」の会員は「在日」の問題が解決すれば「日本」の問題も解決できるという「真実」を見出す。そしてそのようなことが起きるにあたっては、行動する保守として「主権回復を目指す会」で政治活動をしている西村修平や、保守系のテレビ局「日本文化チャンネル桜」の社長である水島総といった人物に見出されたり影響を受けたりした、二〇一四年まで会長だった桜井誠という人物の人となりも大きく影響しているのだろう。しかし安田が結論的に記すのは、かつてはなにかを「奪われた」と感じている人たちの受け皿だった左翼的な言葉が機能しなくなり、現在では匿名で罵詈雑言を書き込むネット右翼のなかから誕生し、市民団体を名乗って現実でも活動するようになった「在特会」が、いわば「社会への憤りを抱えた者。不平等に怒る者。劣等感に苦しむ者。仲間を欲している者。逃げ場所を求める者。帰る場所が見つからない者」たちを「救って」きた側面があるということである。だからこそ「在特会」は、右翼的な主張をする団体としてはかなり例外的な動員力をもっていたし、二〇一六年にヘイトスピーチ規制法が成立する原因の一つとなったほどの社会的な影響もあった。

もちろんだからといって「在特会」が主張する「在日特権」がそのまま真実になるわけではないし、在日コリアンをはじめとする他民族に対する排外主義的な暴言を肯定できるはずもない。とくに「戦後」日本における特権という意味では、現実的に言って明らかに日本人に対する差別的な権利をもつアメリカ人を排斥するような主張はせず、韓国・朝鮮人や中国人といった一九四五年の敗戦で日本が放棄しなければならなかった戦場および占領地域に出自をもつ人々に対するヘイトスピーチが目立つという意味で、震災前から活動している「在特会」が示している態度は白井聡が『永続敗戦論』で指摘した「敗戦の否認」そのものである。

にもかかわらず、白井が明らかにした「永続敗戦」という状況の隣に「在特会」の存在を置かなくてはならないのは、おそらく「在特会」の会員にとって日本の「戦後」における「平和」も「民主主義」も、真実のものとは信じられていなかったからである。震災前から活動し、震災後も賛同者を増やして現在では一万五千人の会員を数える「在特会」は、なによりそこで掲げられてきた「平和」と「民主主義」が虚偽であると感じたからこそ、一九四五年の敗戦ないし一九五二年のサンフランシスコ平和条約以降の「戦後」日本が「在日」による「独裁」的な側面をもつ社会だと理解し、平和と民主主義を求める「市民」として「在日特権を許さない」という主張をしているのである。

こうして桐野夏生の『バラカ』が「震災後の日本」を東日本側と西日本側に分裂したものとして描いていたように、現在の日本ではたとえば被災地を見ようとする者と見ようとしない者、また放射能で汚染された地域と連帯する者とそうしない者、二〇二〇年のオリンピック開催に前向きな者とそれに違和感を抱く者、震災後の日本が一九四五年の「敗戦」時と変わらない「無責任の体制」であると見なす者とそうではない者、あるいは「戦後」的な理念である「平和」と「民主主義」を守ろうとする者とそうしない者のあいだに、それぞれ見えない分断線が走っている。そしてその分断線の存在が感じられる出来事があるたびに、わたしたちは「いつからこんな国になったのかしら」と思っている。

それでも「戦後」が虚偽と欺瞞に満ちているという認識においては、現実を選択する者も理念を選択する者も、あるいは理念を疑う者も現実を疑う者も「知性」的だと考えることができるように、それを越えていくことが絶望的に見える震災後の日本で引かれたいくつもの分断線を、わたしたちは越えていくことができるはずである。しかしその分裂した「日本」が一致することを夢見ているわたしの言葉は、いったいどこにある「日本」に所属しているのか。

震災後の日本でそこまで考えたとき、いつの間にかわたしが立っている場所が、かつて吉本隆明が『共同幻想論』を書きはじめようとした場所と、それほど変わらないことに気づく。

国家は幻想の共同体だというかんがえを、わたしははじめにマルクスから知った。だがこのかんがえは西欧的思考にふかく根ざしていて、もっと源泉がたどれるかもしれない。この考えにはじめて接したときわたしは衝撃をうけた。それまでわたしが漠然ともっていたイメージでは、国家は国民のすべてを足もとまで包み込んでいる袋みたいなもので、人間はひとつの袋からべつのひとつの袋へ移ったり、旅行したり、国籍をかえたりできても、いずれこの世界に存在しているかぎり、人間は誰でも袋の外に出ることはできないとおもっていた。わたしはこういう国家概念が日本を含むアジア的な特質で、西欧的な概念とまったくちがうことを知った。*8

吉本に倣って言えば、知識としては理解していたつもりの「国家は幻想の共同体だ」という現実を、わたしは震災後の日本ではじめて思い知らされた。そろそろいいだろう。わたしたちは震災後の日本でこそ、一九六八年に刊行された『共同幻想論』を読み直さなくてはならない。

＊1　桐野夏生、『バラカ』、五一九ページ
＊2　内田樹・編、『日本の反知性主義』、六ページ
＊3　『日本の反知性主義』、六ページ
＊4　『日本の反知性主義』、六ページ
＊5　『日本の反知性主義』、七五ページ
＊6　『日本の反知性主義』、七六ページ
＊7　安田浩一、『ネットと愛国』、七一ページ
＊8　吉本隆明、『共同幻想論』、五一六ページ

第1章

時代のなかの『共同幻想論』

『共同幻想論』は60年代から70年代にかけて学生を中心に
大ブームを巻き起こし、その後の日本の思想史に大きな影響をもたらした。
そこには、賞賛のみならず激しい毀誉褒貶があったことも事実だ。
いったい『共同幻想論』は当時の激動する社会の中で
どのように読まれてきたのだろうか。その状況確認から本書はスタートする。
そして、奇妙な平穏が漂う、現在の日本で『共同幻想論』を
読み直すとしたらいったいどのように読めば良いのか。
そのひとつの方法論として、国家論としての読み直しを提案していく。

1 『共同幻想論』はどのように読まれてきたか

SEALDsと全共闘

二〇一五年八月三〇日、千代田区永田町にある国会議事堂では、衆議院を通過した安全保障関連法案が参議院で審議されていた。周囲にはその法案に反対する人々が終結し、抗議の声を上げるデモを行っていた。

夏休み最後の日曜だったこともあって、デモに参加した人たちは霞ヶ関などの周辺地域を含め、延べ三十万人を越えるとも言われる。少なくとも三万人以上の人々が国会前を埋め尽くし、全国でも三百以上の場所で抗議行動があった。

法案に反対している、現在は民進党となった民主党の岡田克也代表や「生活の党と山本太郎となかまたち」（現「自由党」）の小沢一郎代表も、その日は国会前で演説していた。また音楽家の坂本龍一や政治学者の山口二郎といった人たちも登場したが、そのデモの中心にいたのは学生グループ「自由と民主主義のための学生緊急行動」（SEALDs）だった。

ヒップホップ調のドラムを打ち鳴らし、わかりやすいメッセージをリズミカルにくり返すSEALDsのデモのやり方は、これまでの反対運動のイメージをまったく変えてしまった。音楽を楽しむふつうの大学生が、自由と民主主義を守るために抗議の声を上げ、ツイッターやラインといったネットメディアを駆使し、わずかな期間で千人におよぶメンバーを擁するまでに成長した。そしてその新しいデモのスタイルによって、これまで抗議行動に参加しなかったような人々の共感を誘い、世代やイデオロギーを超えて、安保法案に反対する意見を大きく盛り上げる原動力となった。

その日のデモでも、SEALDsはメッセージに唱和する人たちを結びつけ、彼らの声は政治家の演説をかき消すほどのものだった。そうした様子は日本国内のメディアだけではなく、イギリスのビジネス誌「エコノミスト」の二〇一五年九月二五日付けの記事でも取り上げられ、海外の記者の目でSEALDsは「顔色が良く、流行の服を着た礼儀正しい学生たち」と記述されている。

二〇一五年五月三日の憲法記念日に、わずか六名ほどで結成されたSEALDsは、既存の政党と一線を画し、自発的にはじまった大学生を中心とする運動体である。そのような意味で、一九六〇年に調印された日米安全保障条約に反対する、いわゆる安保闘争の一翼を担った全日本学生自治会総連合（全学連）や、また日米安全保障条約が一九七〇年に自動延長されるにあたって、一九六〇年代末にふたたび盛り上がった安保闘争の中核となった全学共闘会議（全共闘）とならべられるべき存在だろう。SEALDsのホームページを見ると、学生らしく選書のリストがあり、中心となるメンバーが影響を受けた本について、それぞれコメントを掲載している。ブックレットにして書店に置いたもののようだが、そこでは「基本選書」として次の十五冊が選ばれている。*1

1、高橋源一郎『ぼくらの民主主義なんだぜ』（朝日新書）

2、西谷修『夜の鼓動にふれる――戦争論講義』（ちくま学芸文庫）
3、樋口陽一・山口二郎（編）『安倍流改憲にNOを！』（岩波書店）
4、佐々木中『切りとれ、あの祈る手を――〈本〉と〈革命〉をめぐる五つの夜話』（河出書房新社）
5、小熊英二『社会を変えるには』（講談社現代新書）
6、加藤陽子『それでも、日本人は「戦争」を選んだ』（朝日出版社）
7、吉野源三郎『君たちはどう生きるか』（岩波文庫）
8、丸山眞男（著）・杉田敦（編）『丸山眞男セレクション』（平凡社ライブラリー）
9、芦部信喜・高橋和之『憲法　第六版』（岩波書店）
10、豊下楢彦・古関彰一『集団的自衛権と安全保障』（岩波新書）
11、海渡雄一・清水勉・田島泰彦（編）『秘密保護法　何が問題か――検証と批判主義』（岩波書店）
12、中野晃一『右傾化する日本政治』（岩波新書）
13、苅部直・宇野重規・中本義彦（編）『政治学をつかむ』（有斐閣）
14、栗原彬『「存在の現れ」の政治――水俣病という思想』（以文社）
15、村上龍『希望の国のエクソダス』（文春文庫）

二〇〇〇年代以降に刊行された本が多いが、古典的な本も混じっていてあまり統一性がない。重い本も軽い本も、実用的なものも教養的なものもある。フィクションも入っている。さまざまな興味をもつさまざまなメンバーがあつまって、自由と民主主義を守りたいという思いだけは共通している、ということを示すようなリストである。言い換えれば、同世代のみんながこれを読んでいる、といった印象は希薄である。むしろこうした雑多な興味を統合しているのが、現在の日本で自由と民主主義の「盾（shields）」となることを目指すSEALDsである、というイメージの方が鮮明だ。

ではもし一九六〇年代の全共闘が大きな影響を受けた、本のリストを作成していたらどうだろうか。当時は携帯電話もインターネットもない時代であり、不特定多数の人間が同時に見ることのできるメディアは存在しない。だからそれは、あくまで顔を合わせられる範囲の口コミでしか伝播しないリストになるが、その全共闘に参加した世代の人たちの「証言」からわたしが「みんな」読んでいたと感じているのは、たとえば以下のような本である。

1、埴谷雄高『死霊』（一九四八年刊）
2、柴田翔『されどわれらが日々』（一九六四年刊）
3、高橋和巳『邪宗門』（一九六六年刊）
4、白土三平『カムイ伝』（一九六七年刊）
5、吉本隆明『共同幻想論』（一九六八年刊）

刊行順にならべてみたが、ここでは小説が中心で、そこにマンガと理論書が混じっている。

イギリスのロックバンドであるビートルズが初来日し、コンサートを行ったのは一九六六年のことである。その出来事について、同時代の若者が熱狂している映像がくり返し引用されてきたので、いまでは当時の若者たちが「みんな」熱狂していたかのような印象がある。けれども実際には、同時代にビートルズを熱心に聴いていた若者は、かなり限られた存在だったらしい。だからこうしたリストにも同様の危険性がともなうが、しかし全共闘に参加してその経験から何事かをつかみ、のちになんらかのかたちで表現をする人たちの多くが、これらの本が読まれていたと書いたり語ったりしている。だとすれば本当に全共闘の学生たち「みんな」に読まれていたかどうかは別として、その「証言」が共有されるような人たちに影響をあたえたという意味で、それらに大きな影響力があったことは間違いない。

埴谷雄高と吉本隆明

なかでも第一次戦後派の作家に入れられる埴谷雄高と「荒地」派の詩人として出発した吉本隆明は、文学的な経歴が長くその後も著作が広く影響をもったせいで、とりわけ熱心に語られてきた。たとえば各大学で結成された全共闘は、敗戦後の日本と大学当局のあり方を重ねて「大学解体」という主張を掲げ、大学構内でたびたびバリケード封鎖を敢行していた。授業が行われていない、そのエアポケットのような大学の空間で、学生たちは政治論や文学論を戦わせていたが、合い言葉は

「吉本千年、埴谷万年」だったと言う。

しかし作家である埴谷雄高の難解な言葉が、そうして「万年」単位の射程があるという支持を受けながら、全共闘に参加した世代から埴谷雄高的な作品を書く作家が次々と出たわけではない。強いて言えば、一九七九年に推理小説『バイバイ、エンジェル』でデビューした、笠井潔ぐらいである。もちろんそれがけっして簡単なことではないのはよくわかっているが、全共闘世代で国際的にもっとも高い評価を得ている作家が村上春樹であり、また村上春樹自身は全共闘に対してかなり冷ややかな態度を示していることは象徴的である。

一方で、埴谷雄高より親しみやすい「千年」単位の射程があるという支持を受けた吉本隆明の、その無骨な言葉からの影響を公言して評論めいた文章を書いている者は少なくない。そこには芹沢俊介や小浜逸郎、竹田青嗣や鹿島茂といったさまざまなタイプの評論家・学者から、高橋源一郎のような小説家、意外なところではコピーライターの糸井重里や音楽評論家の渋谷陽一といった人たちも含まれる。

たとえば一九四八年生まれの社会学者である橋爪大三郎は、東大全共闘に参加して一九六九年に三島由紀夫と討論を行った、現在では『美と共同体と東大闘争』で記録を読むことができる場にもいたという人物である。二〇〇三年には『永遠の吉本隆明』という著作を刊行し、そこで「全共闘の連中の言いぐさがまた始まったな」と思われるかもしれないという前置きをして、吉本隆明について「戦後思想のなかで、もっとも偉大で巨大な存在の一人である」と断言している。それほど大きな影響を受けた者から見て、吉本の著作が当時どのように読まれていたのかについて、橋爪は吉本隆明が亡くなったあとの二〇一二年に発表した追悼文で、次のように「証言」している。

一九六〇年から七〇年にかけて、吉本氏は大学生や若者たちに、もっとも影響力のある知性だった。どれぐらい大きな存在だったか、当時を知らない人びとには想像しにくいかもしれない。*2

しかしこの「もっとも影響力のある知性」という評価が、かならずしも大きな影響をあたえられた者だけのものではないのは、フランス文学の研究者から多様な問題について論じる哲学者のような存在になった一九五〇年生まれの内田樹が、二〇〇七年に発表したエッセイ調の評論「私的昭和人論」を見てもわかる。そこで内田は、日本が戦争に敗北した一九四五年前後の断絶を自らのうちに抱え込み、その葛藤に苦しんだことのある世代の人々を「昭和人」と呼んでいる。そして、その「昭和人」には一九二四年生まれの吉本隆明も含まれると指摘し、学生運動が盛り上がっていた一九六〇年代末の状況について触れながら「吉本隆明はこの時期、全共闘の学生たちから圧倒的な支持を得ていた。彼がそのとき得ていた知的威信に類するものをそのあと享受しえた思想家は私の知る限り存在しない*3」と書いている。

大きな影響を受けた者もそうではない者も、吉本が「大学生や若者たちに、もっとも影響力のある知性だった」「全共闘の学生たちから圧倒的な支持を得ていた」と感じていたというのは、それがかなり客観的な事実に近いということを示している。そのことを傍証しているのは、絓秀実の『吉本隆明の時代』（二〇〇八年）や呉智英の『吉本隆明という「共同幻想」』（二〇一二年）といった、全共闘世代に属する書き手が吉本隆明を徹底的に批判しようとした本の存在である。吉本を批判的に見ていた者でも、そうして一冊を費やして批判せずにはいられないほど、全共闘世代全体に対する影響が大きかったと考えるべきだろう。

一九四九年生まれのフランス文学者である鹿島茂が、日本で一九四七年から四九年までに生まれた団塊世代の吉本論として二〇〇九年に刊行した『吉本隆明1968』から、もう少し具体的な吉本体験を引いてみる。そこで鹿島は、自分が最初に手に取ったのは「講談社が出していた戦後派作家中心の文学全集『われらの文学22　江藤淳・吉本隆明』で、一九六六年の高校二年のときだったと書いてつづける。

これは、吉本ファンとしては、かなり晩生《おくて》の部類に属するはずです。というのも、同じ団塊世代でも昭和二十二年（一九四七）生まれの人たちはもうこのときには大学に入学していて、単行本によって熱烈な吉本ファン（というよりも信者）になっていたからです。

では、なぜ、私がこの団塊世代の前衛の吉本体験について知っているかといえば、六八年に大学に入ったとき、彼らが浪人やら留年やらして、結局、私と同じクラスになり、「同級生」として親しく交際するようになったからです。

彼らは、皆、最初に吉本を読んだのは単行本だったと語っていました。『模写と鏡』が最初という人もいれば、左翼学生のバイブルだった『擬制の終焉』でイカレたという人もいますし、花田清輝との論争が集められた『異端と正系』で吉本ファンになったという人もいます。いずれにしても、大学の友人同士の口コミで吉本は凄いということになり、争うように単行本を買ったり借りたりして吉本に親しんだのです。*4


そして鹿島茂自身は『われらの文学22　江藤淳・吉本隆明』ではよくわからなかった吉本隆明の素晴らしさが、大学に入学した一九六八年にあらためて手に取った『擬制の終焉』でわかり、そこから「一気に吉本隆明ファン、というよりも吉本主義者になってしまった」と「証言」している。こうした吉本体験が、団塊世代を中心に全共闘に参加した世代には無数にあり、やがて一九六八年に刊行された『共同幻想論』が全共闘の学生たち「みんな」に読まれていたと言われるような状況が生まれる。

全共闘運動が盛り上がる発端となった、一九六八年に結成された日大全共闘の全学集会には三万五千人が参加し、一九六九年には全国の大学百六五校で全共闘運動がくり広げられた。そうしてバリケード封鎖等の「大学解体」の闘争状態にあったのは、日本の主要な大学の八割にも相当すると言われるが、当時の大学入学者人口から考えれば百万人前後に影響がおよんだことになる。もちろんその全員が全共闘に参加したわけではないが、当時はキャンパスを行き来する全共闘に参加していない女子学生の鞄にも『共同幻想論』が入っていたという「伝説」があるから、二〇一五年八月三〇日の安全保障関連法案に対するデモに置き換えれば、国会議事堂周辺に集結した三十万人以上の人々が「みんな」吉本隆明に心酔していたりその著作を読んでいたり興味をもっていたりするような状態であったと言える。

これはかなり途方もない状態だが、時代のなかにある吉本隆明の『共同幻想論』は、そのような場所で読まれていたのである。

全共闘に先だって学生たちを肯定する

ではどうしてそんな読まれ方をしたのか。

一九六〇年代末の全共闘運動に先立って、一九六〇年の安保闘争において全学連を支持し、社会学者の清水幾太郎に次ぐ「同伴知識人」[*5]二号と呼ばれていた吉本隆明は、いわば学生運動の挫折を目の当たりにしている。そして全共闘運動が盛り上がる以前に、あらかじめ学生が主体的に起こす運動がもつ意義を表現していた。たとえば鹿島茂が、それを読んで「吉本主義者」になったという評論集『擬制の終焉』は、一九六二年に刊行されている。一九六〇年九月に発表された表題作である「擬制の終焉」で、吉本は終わったばかりの安保闘争についてふり返り、次のように書いている。

安保闘争は、戦後史に転機をえがくものであった。戦後一五年間、戦中のたいはいと転向をいんぺいして、あたかも戦中もたたかい、戦後もたたかいつづけてきたかのようにつじつまをあわせてきた戦前派の指導する擬制前衛たちが、十数万の労働者・学生・市民の眼の前で、ついにみづからたたかいえないこと、みづからたたかいを方向づける能力のないことを、完膚なきまでにあきらかにしたのである。長い年月のあいだ白痴や無能力者と雑婚はしたが、誇りたかい家系意識だけはもっていた前衛貴族の破産は、すでに戦争責任論の過程で理論的にはあきらかにされていた。しかし、かくも無惨にそれが実証されることは、だれも予想していなかったのである。*6

そこには学生だけではなく、労働者や市民の運動も含めて語られているが、安保闘争は「戦後史に転機をえがくもの」と評価されている。しかし実際には、日米安全保障条約は強行採決によって成立し、デモや抗議行動などの反対運動は実を結ばなかった。にもかかわらず、どうしてそのような評価が出てくるのか。それは吉本隆明が一九五六年に刊行した武井昭夫との共著『文学者の戦争責任』や一九五八年に発表した「転向論」以来くり返し指摘しているように、敗戦後の日本は「戦前派」とそのあり方が変わらない「労働者・学生・市民」と断絶した知識人が指導していると考えているからである。だとすればそこは、八紘一宇や大東亜共栄圏という戦争中の理念が戦争放棄や民主主義という「戦後日本」的な理念に変わっただけの、戦前から変わらない「擬制」が支配している。つまり知識人と「労働者・学生・市民」の関係だけから見れば、安保闘争までの「戦後日本」と戦争に突入した戦前の日本は、まったくおなじであることになる。

けれども一九六〇年の安保闘争では、一九四五年以降の「戦後日本」で指導的な知識人だと見なされてきた「擬制前衛」「前衛貴族」たちが、十数万におよぶデモ隊の「前衛」として運動の方向性を指示することもできなかったし、また運動を大きく盛り上げることもなかった。象徴的なのは、戦争中の日本で弾圧されて敗戦後の日本で戦争に抵抗してきた組織として息を吹き返した日本共産党が、デモの現場で運動の邪魔をするような行動を取っていたことである。

たとえば大学生の組織である全学連は、一九四八年に設立されてから日本共産党の指導を受けてきたが、次第に自律した意志をもちはじめ、一九六〇年の安保闘争を迎えるまでには、日本共産党に対する批判派が主流を占めるにいたった。だから吉本隆明にとって、そうした運動の過程自体が「擬制の終焉」を意味している。こうして「労働者・学生・市民」と断絶した知識人が指導する「戦後日本」が変質し、戦前の日本とは明らかに別の場所になったということが示されたので、反対運動が成功したかどうかに関係なく「戦後史に転機をえがく」という評価が出てくるのである。

言い換えれば、吉本は学生たちが自分たちで考え、どんな党派的な利害からも自由に行動することを肯定している。

学生は小市民インテリゲンチャである。このことは善でも悪でもない。その生活実体は具体的なプロレタリアの生活以下のばあいも、それ以上のばあいもある。学生運動は学生インテリゲンチャの大衆運動である。その運動が、具体的に労働者運動以上の力を発揮するばあいも、それ以下の役割を果すばあいもある。これは、客観的な情勢の如何により具体的な運動過程そのものによって表われるのであり、如何なる理念によっても先験的に規定されるものではない。そんなことは自明のことがらである。しかるに、わがスコラ哲学者によれば、学生運動はプロレタリア運動の一環だというのだ。*7

これは『擬制の終焉』に収録された、一九六一年に発表された文章の一節だが、こうした言い方がこれから盛り上がりを迎える全共闘運動を担う学生たちに、どれだけの励ましと勇気をあたえたのかを、現在そのまま実感することは難しい。なぜなら二〇一五年に結成されたSEALDsは、さしたる葛藤も困難もなく「如何なる理念によっても先験的に規定されるものではない」運動を展開しているように見えるからである。

けれども連合国軍による占領下のまま一九五〇年にはじまった朝鮮戦争で、否応なくアメリカ合衆国とソビエト連邦による東西冷戦に巻き込まれていった日本では、一九六〇年代において保守的な立場を選ぶことは「戦後日本」の同盟国であるアメリカ合衆国や資本主義国の側に立つことであり、そのような「戦後日本」のあり方に疑問をもつことはソビエト連邦や共産主義国の側に共感することを意味していた。そこから、一九五二年のサンフランシスコ講和条約以降の「戦後日本」とアメリカ合衆国の同盟関係を維持する日米安保条約への反対運動が、資本主義を批判したり共産主義を肯定したりする「プロレタリア運動の一環」であるという考え方も出てくる。

一九六〇年代の東大全共闘に参加した橋爪大三郎は、そのころ大学生が置かれていた社会的な位置と「戦後日本」的な知識人の関係について、先に引用した追悼文でこう書いている。

まず、大学生は特別な存在だった。六〇年安保のフィルムを見るとわかるが、デモ隊の学生はみな学生服を着ている。ほかの服を買うゆとりがなかった。そして、もっと大事なことだが、エリートとしての誇りをもっていた。七〇年代になると、デモ隊はジーパンにアノラック。大衆消費社会が浸透し、日常のなかで学生であることが視えなくなっていく。

第二に、大学生には義務感があった。市民や生活者に代わって、政治の主役を務めなければという責任で行動した。核実験があれば反対のデモ、安保と聞けば反対運動を組織した。第二次世界大戦の過ちを反省し、平和のために先頭に立とうとしたのだ。

第三に、大学生は集団で行動しようとした。政治は個人ではできない。集団で政治に参加するため、同志と議論また議論をたたかわし、学生の運動を組織しようとした。

このようだから、学生たちは、司令塔からの指示をあおぐように、書物を読んだ。日本共産党や共産主義者同盟、新左翼各派、ベ平連など、司令塔は複数存在した。戦後知識人たちも、単に知識や教養のためでなく、彼らの司令塔のように読まれたのである。[*8]

ここで挙げられているなかで、べ平連（ベトナムに平和を！市民連合）のみが政治的に自由だった時期を例外としてもっているが、学生たちの「司令塔」としては、日本共産党も共産主義者同盟も新左翼各派も、どうしても「プロレタリア運動の一環」という視点が出てきてしまう。橋爪によれば「活動的な学生たちはたいがい、これら司令塔のどれかに召喚された」が、しかし「吉本隆明氏が特異だったのは、『どんな司令塔にも召喚されなくていい』と、はっきりのべた点である」。[*9]

つまり吉本隆明が全共闘の学生たちに示したのは、自立した個人として判断するという徹底して民主主義的な態度であり、いわば内面の自由である。吉本自身は一九六〇年の安保闘争前後でそのような認識に辿りつき、一九六〇年代に刊行した『擬制の終焉』（一九六二年）や『模写と鏡』（一九六四年）、また『自立の思想的拠点』（一九六六年）といった評論集でくり返しその考え方を表現していたが、吉本の著作が自立した個人として民主主義的な運動をはじめようとする、これから全共闘に参加する世代の学生たちに圧倒的な支持を得たのはおそらくそのせいである。

自立した個人として国家の前に立つ

そうした内面の自由をもつ自立した個人として、日米安全保障条約のような従属的で不透明な内容をもつ条約を強行採決する国家を前にしたとき、では人はどう判断してどう行動すべきなのか。そしてそのような状況を生み出したと思しいアメリカ合衆国に現実的に対抗できる、当時のソビエト連邦の存在によってささえられていた「プロレタリア運動の一環」となる考え方に頼らないとしたら、どうしたらよいのか。

たしかに「どんな司令塔にも召喚されなくていい」という内面の自由は、論理的にはだれでも手に入れることができる、それこそ「戦後日本」が掲げてきた民主主義の原点と言ってもいいものである。しかし現実にその自立した個人であることに耐えるためには、中間にあるあらゆる集団を排して自分と国家がどう関係しているのかを理解し、その国家のあり方に自分の意見を適切に反映させる方法を知っていなくてはならない。こうした疑問は一九六〇年の安保闘争が終わったあとに、それを「戦後史に転機をえがくもの」と理解した吉本隆明自身が抱えたものであり、だからこそ一九六〇年代の吉本は自己と国家の関係を記述する原理的な著作に向かわなければならなかったのである。

もちろんそれは一九六〇年の安保闘争から一九七〇年の安保闘争へといたる、あくまで敗戦後の日本における政治の季節から見た著作の歩みであり、この時期に詩人であることを断念して職業的な批評家になっていく吉本の作品全体がそこに収まっているわけではない。そうした歩みから外れている著作として、たとえば一九六五年に刊行された『言語にとって美とはなにか』があるが、しかし自己と国家の関係を記述する原理的な著作は、まさにその批評家として言語と文学の関係を記述する原理的な著作から派生して生まれている。

言語の表現としての芸術という視点から文学とはなにかについて体系的なかんがえをおしすすめてゆく過程で、わたしはこの試みには空洞があるのをいつも感じていた。ひとつは表現された言語のこちらがわで表現した主体はいったいどんな心的な構造をもっているのかという問題である。もうひとつは、いずれにせよ、言語を表現するものは、そのつどひとりの個体であるが、このひとりの個体という位相は、人間がこの世界でとりうる態度のうちどう位置づけられるべきだろうか、人間はひとりの個体という以外にどんな態度をとりうるものか、そしてひとりの個体という態度は、それ以外の態度とのあいだにどんな関係をもつのか、といった問題である。

本書はこのあとの場合について人間のつくりだした共同幻想という観点から追及するために試みられたものである。ここで共同幻想というのは、おおざっぱにいえば個体としての人間の心的な世界と心的な世界がつくりだした以外のすべての観念世界を意味している。いいかえれば人間が個体としてではなく、なんらかの共同性としてこの世界と関係する観念の在り方のことを指している。[*10]

これは一九六八年に刊行された『共同幻想論』の「序」の書き出し部分である。ここで「言語の表現としての芸術という視点から文学とはなにかについて体系的なかんがえをおしすすめてゆく」ことをしたのが『言語にとって美とはなにか』であり、一方「表現された言語のこちらがわで表現した主体はいったいどんな心的な構造をもっているのかという問題」について体系的な説明を試みたのが、一九七一年に刊行された『心的現象論序説』である。そして『共同幻想論』が取り組もうとしている問題は、吉本隆明の言葉では「ひとりの個体という位相は、人間がこの世界でとりうる態度のうちどう位置づけられるべきだろうか」「ひとりの個体という態度は、それ以外の態度とのあいだにどんな関係をもつのか」というものだが、これは言い換えれば、自由な内面をもつ自立した個人が「この世界」でどう位置づけられ、また「この世界」を構成する「それ以外」のものとどう関係するのか、ということを解き明かそうとすることである。

これが自立した個人として国家の前に立ったときにどう判断してどう行動すればよいのか、という一九六〇年の安保闘争のあとに吉本自身が直面した問いに答えをあたえようとするものであり、一九六〇年代末に盛り上がりつつある全共闘運動に参加する学生たちにとって、なにより切実に必要とされるものであったことは間違いない。あくまでそれは「共同幻想という観点」から記述されたものだが、一種の国家論であることは「序」の結びにある段落で「現在さまざまな形で国家論の試みがなされている。この試みもそのなかのひとつとかんがえていいわけである。ただ、ほかの論者たちとちがって、わたしは国家を国家そのものとして扱おうとしなかった。共同幻想のひとつの態様としてのみ国家は扱われている」[*11]と書かれていることからもわかる。

だとすればまず国家論として読み解いてみることが、時代のなかにある『共同幻想論』に近づくためのもっともよいやり方だと言えるだろう。

2 国家論としての『共同幻想論』

人間の幻想領域は「逆立」する

一冊の体系的な書物として見たときに、吉本隆明の『共同幻想論』はいくつかの明確な特徴をもっている。ただしそれぞれの特徴は相互に関連しているわけではなく、有機的に結びついて説得力のある結論を導くわけでもない。だからそれらの点にあまり強くこだわってしまうと、いったい『共同幻想論』とはなにを言おうとしている書物なのか、まったくわからなくなる危険がある。

第一に『共同幻想論』は、人間の幻想領域には「共同幻想」「対幻想」「自己幻想」という異なった世界が想定できるという仮説を立て、その仮説にしたがって「禁制」や「憑人」や「巫覡」や「巫女」や「他界」といった主題について説得的に語ることができる、ということを示す帰納的な論述方法を採用している。

第二に、人間が集団生活を営んでいれば当然存在したであろう、なんらかのものを禁止するというごく原始的な共同性の特徴から論じはじめ（「禁制論」）、その禁止する力がある特定の人物の役割となる段階を経て（「憑人論」「巫覡論」「巫女論」）、やがて宗教的なものが集団的な観念として自立し（「他界論」「祭儀論」）、支配者の家族と社会集団が区別しにくいような状態を経由して（「母制論」「対幻想論」「罪責論」）、ついに原始的な国家が出現する（「規範論」「起源論」）、という人類史の流れを辿っている。

第三に、基礎的な資料となっているのは柳田国男が聞き書きして一九一〇年に発表した『遠野物語』と、八世紀に成立した日本最古の歴史書『古事記』のみであり、近代以降に編纂された資料であるため身近な話題を選べる『遠野物語』によって前半を論じ、後半は近代以前の資料である『古事記』によって本質的な問題に肉薄し、具体から抽象へ、現象から本質へと話を進めている。

そして第四に、近代ヨーロッパの科学的な知見を利用し、その分析から外れている日本の民族学や古代史学が対象とするものについて考察を加え、ときには近代以降の事例にも言及しながら、人間の幻想領域についての科学的な知見をより普遍性の高いものに修正しようとしている。

いわばこうした特徴が、さまざまな内容について論じている『共同幻想論』を体系的な書物として成立させている。それらは複雑に絡みあって、どれが本質的というわけではなく、文学的としか言いようのない記述になっており、読む者がどういう関心をもって近づくかによって、かなり見え方が異なる書物になっている。しかしここでのさしあたりの入り口は、読者が自由な内面をもつ自立した個人であろうとしているということであり、時代のなかでその個人が国家について考えようとしているということである。これは人間の幻想領域に「共同幻想」「対幻想」「自己幻想」が存在するという考え方にしたがえば、ちょうど「自己幻想」と「共同幻想」の関係がどうなっているかという問題になるが、その結論めいたものは十一章構成の中盤にある第六章「祭儀論」で、次のように書かれている。

原理的にだけいえば、ある個体の自己幻想は、その個体が生活している社会の共同幻想にたいして〈逆立〉するはずである。しかしこの〈逆立〉の形式は、けっしてあらわな眼にみえる形であらわれるとかぎっていない。むしろある個体にとって共同幻想は、自己幻想に〈同調〉するものにみえる。またべつの個体にとって共同幻想は〈欠如〉として了解されたりする。またべつの個体にとっては、共同幻想は〈虚偽〉としても感じられる。

ここで〈共同幻想〉というのはどんなけれん味も含んでいない。だから〈共同幻想〉をひとびとが、現代的に社会主義的な〈国家〉と解しても、資本主義的な〈国家〉と解しても、反体制的な組織の共同体と解しても、小さなサークルの共同性と解してもまったく自由であり、自己幻想にたいして共同幻想が〈逆立〉するという原理はかわらない。*12

おそらく一九六〇年代末の日本で、全共闘に参加しようとする学生たちがそう読んだように、ここで「共同幻想」を「国家」として理解し、また「自己幻想」を「私」と置き換えるなら、国家は「私」に「同調」するものと感じられたり「欠如」や「虚偽」と感じられたりするが、いずれにしても国家と「私」の関係は「逆立」する、という原理が語られている。では「逆立」するとはどういうことか。

吉本はそれらの幻想領域について、しばしば「肥大」という言葉をもちいる。たとえば「私」の意識が「肥大」化するときには、その「私」にとって国家のイメージは「逆」に「萎縮」して感じられるはずである。これは擬似的には、国家を転覆しようとするテロリストやクーデターの首謀者の心性として理解することができる。一方、国家のイメージが「私」のなかで「肥大」化する場合も考えられる。もちろんその際には「私」としての意識は「萎縮」し、国家のイメージに飲み込まれるようなことが起きるはずである。こちらも擬似的には、国家によって戦場に送られる一兵士や日本のカミカゼ特攻隊のような存在であることを、その「私」が納得しようとするときの心の状態として想定することができる。

つまり「逆立」とは、国家のイメージが「肥大」化するときには「私」の意識が「萎縮」し、「私」の意識が「肥大」化するときには国家のイメージが「萎縮」するという、幻想領域同士の関係のことである。この関係は、もう一つの幻想領域である「対幻想」をそこに加えてもおなじである。国家の成立を辿った書物としても、人間の幻想領域についての仮説としても、吉本隆明の『共同幻想論』をきわめて独創的なものにしている概念「対幻想」は、男女にかぎらずあらゆる対の人間同士に見られるものだが、もっともそれが「肥大」化する場合の一つは、間違いなく恋愛中である。

たとえば近代黎明期の一八世紀フランスで刊行された、ジャン＝ジャック・ルソーの書簡体小説『新エロイーズ』が、その典型を描き出している。そこでは平民の家庭教師である「サン・プルー」が、自分が教えている貴族の娘「ジュリ」の美徳を賞賛し、家庭教師としての「私」の意識を「萎縮」させ、身分違いの恋心を告白する。それに対し、親に決められた許嫁のいる「ジュリ」は、その「サン・プルー」に教えられている「私」の意識のまま、家庭教師の立場もなにもかも投げ出すつもりの「サン・プルー」への愛を告白する。そのとき、たがいがたがいの「私」を相手に従属させるという言い方をしているが、そこに恋愛関係が成立する。

ここでは身分違いであることが大きく影響しているが、たしかに恋愛関係が「肥大」化するときに「私」の意識は「萎縮」しており、その意味で「対幻想」と「個人幻想」は「逆立」している。また逆に、恋愛中である「私」の意識が「肥大」化すると恋愛関係が「萎縮」するということは、さまざまな例が考えられるが、大学生の恋人同士で一方が海外留学を選択したり、社会人の恋人同士で一方が海外転勤を引き受けたりしたために、恋愛関係を解消しなければならなくなるような場合が典型的である。どちらかが「私」のための時間や生き方を優先すれば、恋愛関係が維持しにくくなるのは当然だからである。

では「共同幻想」と「対幻想」の「逆立」はどうかと言えば、もちろん現代社会では国家が個人同士の恋愛関係に介入することは考えられない。しかし社会的な常識に反し、周囲から祝福されない恋愛関係は、いつの時代にもいくらでもある。たとえば一六世紀末に書かれたウィリアム・シェイクスピアの戯曲『ロミオとジュリエット』は、一四世紀イタリアの都市ヴェローナを舞台にしているが、おたがいに権勢を競いあうモンタギュー家の息子「ロミオ」とキャピュレット家の娘「ジュリエット」が恋に落ち、なんとかその恋愛関係を成就するためにヴェローナから逃れようとする、という筋立てになっている。

つまりヴェローナという都市共同体の「共同幻想」と「ロミオ」と「ジュリエット」の恋という「対幻想」が「逆立」しているので、その恋愛関係が「肥大」化することは都市共同体のイメージの「萎縮」ないし消滅を意味する。逆に、いがみあうモンタギュー家の息子とキャピュレット家の娘が結ばれるはずがないという都市共同体のイメージが「肥大」化すれば、当然「ロミオ」と「ジュリエット」の恋は「萎縮」し消滅するだろう。ここでも吉本が主張するように、人間の幻想領域が「逆立」するという原理は変わらないと言えそうである。

自立した個人であることの困難さ

だとすれば自立した個人である「私」は、国家と「私」の関係も幻想領域として「逆立」する、という原理から国家について考えていけばよいことになる。

しかし事態はそれほど単純ではない。なぜなら人間の幻想領域を「共同幻想」「対幻想」「自己幻想」と区別して理解しようとすれば、まずその出発点である内面の自由をもつ自立した個人であるという「自己幻想」を手に入れること自体、簡単なことではないということを意識せざるをえないからである。むしろそれが困難だということが、吉本隆明が『共同幻想論』を書く出発点になっているようにも思える。

だから書き出しである第一章「禁制論」には、次のような一節が出てくる。

わたしたちの思想の土壌では、共同の禁制と黙契とはほとんど区別できない。禁制はすくなくとも個人からはじまって、共同的な〈幻想〉にまで伝染してゆくのだが、個人がいだいている禁制の起源がじつは、じぶん自身にたいして明瞭になっていない意識からやってくるのだ。知識人も大衆もいちばん怖れるのは共同的な禁制からの自立である。この怖れは黙契の体系である生活共同体からの自立の怖れと、じぶんの意識のなかで区別できていない。べつの言葉でいえば〈黙契〉は習俗をつくるが〈禁制〉は〈幻想〉の権力をつくるものだ。そういうことがつきつめられないまま混融している。[*13]

ここで「わたしたちの思想の土壌」とは、これが書かれている一九六〇年代後半における「戦後日本」のことである。そして、章を立てて論じられている「禁制」とは「してはいけないこと」という程度の意味だが、それが「共同的な〈幻想〉にまで伝染してゆく」ものだとすれば、そこには国家の法体系のようなものまで含まれると考えていいだろう。しかしその国家の法体系のようなものからの「自立」を「知識人も大衆もいちばん怖れる」ということは、そこで「私」は自立した個人として国家について考えられないということを意味する。なぜならあらかじめ「私」は、内面的に「してはいけないこと」の範囲を国家の法体系で規定されていることになり、それではけっして国家について自由に考えることにはならないからである。

ではどうして「わたしたちの思想の土壌」では、そのようなことが起きるのか。それは「共同的な禁制からの自立」と「黙契の体系である生活共同体からの自立」が区別されていないからである。ここで「黙契」を「そうしなければならないこと」という程度の意味で受けとれば、その「禁制」と「黙契」が「ほとんど区別できない」という事態は、周囲の常識に合わせて生活を送ることと法を守って国民として生きることがおなじ態度に見えるということであり、国家より小さい生活共同体が規定する「そうしなければならないこと」のリストがいつの間にか国家に権力をあたえる「してはならないこと」のリストに接続するということにほかならない。

ここにある問題意識は、戦争中における日本の文学者について論じた『文学者の戦争責任』（一九五六年）や『高村光太郎』（一九五七年）といった、一九五〇年代における吉本隆明の仕事からつづくものである。なぜならそこで、吉本は戦前のある時期まで自立した個人として近代的な文学作品を書いていた詩人たちが、戦争中にまったく文学的価値のない戦意高揚詩を書くようになった心的機制について、徹底的に明らかにしようとしていたからである。それは『共同幻想論』の言葉遣いにしたがえば、戦争に突入していく時代のなかで国家のイメージが「肥大」化し、そこで「私」の意識が「萎縮」して飲み込まれるという幻想領域における出来事だが、こうして生活共同体が規定する「そうしなくてはならないこと」と国家の方針が区別できないところで、戦争を「そうしなくてはならないこと」として語る戦意高揚詩が生まれる。

なかでも自立した個人として、高村光太郎をもっとも強靱な内面の自由を手に入れていた文学者として高く評価する吉本は、その「私」の意識が国家のイメージに飲み込まれた心的機制をこう描き出している。

戦前派の詩人ならば、胸に手をあてればたれでもおもいあたるはずだが、現実のうごきのはげしい動乱期には、個人の自我というものが、けし粒ほどにかるくおもわれてくる。そこに執着し、暗い内部的なたたかいをつづけることが、バカらしく、みじめな、無意味なことにおもわれてくる。外からよからぬ奴が足をひっぱってそうおもわせるばかりでなく、内部から心理的にそうおもわれて崩れてゆく。（……）高村が反抗をうしなって、日本の庶民的な意識へと屈服していったとき、おそらく日本における近代的自我のもっともすぐれた典型がくずれさったのであり、おなじ内部のメカニズムによって日本における人道主義も、共産主義も、崩壊の端緒にたったのである。*14

これが戦争中の日本で「労働者・学生・市民」と断絶した知識人に起きた出来事であるとするなら、その知識人としてのあり方が変わらないかぎり、それは敗戦後の日本でもふたたびいつでもどこでも起きうる。だとすれば敗戦後の日本で必要なのは、戦前の日本において「肥大」化した国家のイメージをファシズムとして批判し尽くすことではなく、そのイメージと「そうしなくてはならないこと」を規定する生活共同体が重なっても「私」の意識を「萎縮」させなくていいように、国家に権力をあたえる「禁制」と生活共同体が習俗を構成する「黙契」を明確に区別し、生活上「そうしなくてはならないこと」のリストと内面の自由を制限する「してはならないこと」のリストを混同しないことである。

ここで明確に把握されるべきとされる生活共同体の「黙契」、『高村光太郎』の言葉遣いで言えば「庶民的な意識」の別名が、のちの吉本隆明がくり返し言語化しようと試みる「大衆の原像」である。

戦後日本的な国家論との違い

吉本隆明によるこうした国家についての問題のとらえ方は、同時代の日本における国家論の水準から考えても、きわめて特異なものである。

たとえば敗戦後の日本でいち早く戦前の日本を批判的に分析した国家論を発表し、一九四五年以降の「戦後日本」において一貫して指導的な役割を果たしてきた政治学者の丸山真男は、一九四六年初出の「超国家主義の論理と真理」という名高い論文で、敗戦直後に戦前の日本という国家がもっていた問題を次のようにとらえている。一九五六年に刊行された論文集『現代政治の思想と行動』上巻にも、一九六四年に刊行されたその新装版にも収められているので、基本的な考え方は一九六〇年代まで変わっていないものと見なしてよいだろう。

今年初頭の詔勅で天皇の神性が否定されるその日まで、日本には信仰の自由はそもそも存立の地盤がなかったのである。信仰のみの問題ではない。国家が「国体」に於て真善美の内容的価値を占有するところには、学問も芸術もそうした価値的実体への依存よりほかに存立しえないことは当然である。(……)そこでは、「内面的に自由であり、主観のうちにその定在《ダーザイン》をもっているものは法律のなかに入って来てはならない」(ヘーゲル)という主観的内面性の尊重とは反対に、国法は絶対価値たる「国体」より流出する限り、自らの妥当根拠を内容的正当性に基礎づけることによっていかなる精神領域にも自在に浸透しうるのである。

従って国家的秩序の形式的性格が自覚されない場合は凡そ国家秩序によって捕捉されない私的領域というものは本来一切存在しないことになる。我が国では私的なものが端的に私的なものとして承認されたことが未だ嘗てないのである。[*15]

一九四五年の敗戦に辿りついた戦前の日本で、戦争をしている国家のイメージが「いかなる精神領域にも自在に浸透」する状態であったという認識では、敗戦時に三十代であった丸山真男も二十代であった吉本隆明も、それほど変わりがない。しかしそれ以前の段階について理解が異なるのは、丸山が「我が国では私的なものが端的に私的なものとして承認されたことが未だ嘗てない」と考えているからである。

つまりそれは、自由な内面をもつ自立した個人は例外的に存在したかもしれないが、戦前の日本ではその「私」の意識が尊重されるということは一度もなかったし、そうして「主観的内面性の尊重」が存在しなかったために、そこで国家のイメージは「いかなる精神領域にも自在に浸透」することができたという主張である。これは一九四五年の敗戦をもたらした「大日本帝国」を国家として批判する考え方としてはわかりやすいし、まったく別の国家として「戦後日本」を再建しようとする時代の根拠となる発想だと言える。しかし同時に、戦前の日本で自立した個人であった知識人が免罪される考え方でもある。なぜなら「国体」という言葉に象徴される国家のあり方として、あらかじめ「真善美の内容的価値」が個人ではなく国家に属しているのだとすれば、そこでは自由な内面をもつ個人同士が「真善美の内容的価値」について議論を交わしたり理解を深めたりすることは、政治的にはまったく無意味だということになるからである。

こうした違いが出てくるのは、丸山真男が主に政治的な領域について語っているからかもしれないし、吉本隆明が自立した個人として文学者を想定しているからかもしれない。しかし間違いないのは、丸山の主張にしたがえば、敗戦後の日本ではそのことに気がついている知識人こそ「真善美の内容的価値」が個人に属するような民主主義的な国家を建設する役割を果たさなければならず、戦前の日本では無力だった知識人がそのまま国家のあり方が変わった「戦後日本」における有力な知識人として生き延びられるということである。そして一九四五年の敗戦後になって次々と登場した戦後日本的知識人の多くが、そのような勧善懲悪的な国家観を前提にして「戦後日本」のさまざまな問題について語ったが、だからこそ一九六〇年前後から知識人ではない「労働者・学生・市民」が国家について語りはじめたとき、それらの知識人は困惑せざるをえなかったのである。

しかし吉本隆明が『共同幻想論』でより普遍性の高い考え方を目指して記述している内容からも言えるように、知識人であろうとなかろうと「私」の意識はあるはずだし、国家のイメージとの関係もそれぞれ存在するはずである。ヨーロッパに遅れて近代化をはじめた日本では、しばしば近代文明を学んだ知識人のみが内面の自由を獲得し、庶民は近代以前の封建的な秩序にとらわれたままであると錯覚される。そうした錯覚の変奏が、キリスト教のような一神教的な伝統のあるヨーロッパでは、神と対峙してきた自由な内面をもつ自立した個人によって近代的な社会が構成されているが、それがない日本では知識人以外に自立した個人は存在することが困難であり、だから一九四五年の敗戦で証明されたように近代以降の日本社会も封建的なままだ、という考え方である。

吉本はそうした見方をよく意識して『共同幻想論』を書いている。

ある種の〈日本的〉な作家や思想家は、よく西欧には一神教的な伝統があるが、日本には多神教的なあるいは、汎神教的な伝統しかないなどと安っぽいことを流布している。もちろん、でたらめをいいふらしているだけである。一神教的か多神教的か汎神教的かというのは、(……)ただ自己幻想かまたは共同幻想の象徴にしかすぎないということだけが重要なのだ。そして人間は文化的情況のなかで、いいかえれば歴史的現存性を前提として、自己幻想と共同幻想とに参加してゆくのである。*16

これは前半の第四章「巫女論」にある一節だが、あくまで吉本隆明が日本における知識人と庶民をめぐる状況を「逆立」する「自己幻想」と「共同幻想」の関係で説明しようとしていることがわかる。またそうでなければ、ヨーロッパにも日本にも共通して適用できる普遍的な知見まで辿りつけないからだが、さしあたり知識人は「共同幻想」に比して「自己幻想」が「肥大」化しており、庶民は「共同幻想」に対して「自己幻想」が「萎縮」している状態にあると考えておくことができる。知識人に「自己幻想」が割り振られ、庶民に「共同幻想」が割り振られるという単純な図式ではなく、人間が「文化的情況のなかで」「自己幻想と共同幻想とに参加してゆく」とは、おそらくそういう意味である。

ではそうして「私」の意識が「肥大」化するときに知識人に近づき、また「私」の意識が「萎縮」するときに庶民に近づくだけだとすれば、可能性としてはだれでも自立した個人として国家のイメージの前に立つことができる。そこまではヨーロッパでも日本でも変わらないはずだが、実はその先が違っている。なぜなら歴史上「そうしなくてはならないこと」を規定する生活共同体を破壊して「してはならないこと」を決める権力をもつ国家を建設したことのない日本では、国家のイメージと生活共同体の境界線が曖昧なまま癒着しているからである。

だから「私」の意識が「肥大」化して知識人に近づくことは、生活共同体から離脱しようとしているのか国家のイメージから離れようとしているのかが区別しにくいし、また「私」の意識が「萎縮」した庶民であることは、生活共同体に安住しているのか国家のイメージに満足しているのかもわかりにくい。しかも庶民であることに自足していれば「私」の意識は生活共同体と国家のイメージを区別する必要はないが、知識人として国家の問題を考えようとすれば、そのとき初めて生活共同体と国家のイメージを区別することを強いられる。そうして「私」の意識を国家のイメージから引き離し、ようやくそれを批判することができる知識人が受けとるのは、国家のイメージと区別していない生活共同体が否定されたと感じる庶民からの嫌悪である。

このような悪条件のなかで、自立した個人として国家について考えるということは、生活共同体から切り離された国家のイメージを手に入れることにほかならない。中盤の第五章「他界論」で「社会的な共同利害とまったくつながっていない共同幻想はかんがえられるものだろうか？　共同幻想の〈彼岸〉にまたひとつの共同幻想をおもい描くことができるだろうか？」と問いかけ、それに「こう問うことは、自己幻想や対幻想のなかに〈侵入〉してくる共同幻想はどういう構造かと問うことと同義である。ちょっとかんがえると、こういう問いは架空な無意味なもので、妄想的にさえみえるかもしれない。だがいぜん切実な問いかけをふくんでいる。ひとびとは現在でも〈社会科学〉的な粉飾をこらしてまで、この問題のまわりをさ迷っているからである[*17]」という説明を加えている吉本隆明は、その視点を忘れることなく原始的な国家の誕生まで論じていく。

理想としての「共同幻想」の「消滅」

もし同時代に書かれた国家論で、こうした吉本隆明の国家についての問題意識を共有しているものがあるとすれば、それは同年の一九六八年に刊行された橋川文三のナショナリズム論『ナショナリズム』である。ヨーロッパの近代ナショナリズムの展開を参照しながら、一九四五年の敗戦を迎えた日本の近代ナショナリズムが辿った筋道を論理的に追ってきた橋川は、末尾にいたって結論めいた語り口で次のように言っている。

……近代的ナショナリズムの論理的展開は、たとえばサン・ジュスト的なテロールの正当化にみちびくものであった。そこに生れた恐るべき人間的惨劇に似たものは、自由民権運動の歴史の中にも同様にあらわれている。(……) それ以降、日本のネーションはたえず自己の意志の現実的形象を求めて、あるいは国内における革命を追求し、あるいは外国との戦争に肝脳を地に注ぐことをさけなかった。しかも日本人は、今にいたるまで、かつて真に自らの「一般意志」を見出したことはなかったといえるかもしれない。なぜならば、かつての天皇制のもとでは、天皇の意志以外に「一般意志」というものは成立しないと考えられたからであり、もししいて天皇制のもとで国民の一般意志を追求しようとするならば、それはたとえば北一輝の場合のように、天皇を国民の意思の傀儡とする道しかなかったからである。後者の道は、二・二六事件によってその不可能が立証された。日本人の「一般意志」は、それ以来いまだ宙に浮いたまま、敗戦後の一世代を迎えようとしているというべきかもしれない。*18

ここで「一般意志」とは、フランス革命を思想的に準備したと言われるジャン＝ジャック・ルソーの『社会契約論』にある言葉であり、共同体を構成するすべての個人が契約してすべての権利を預ける宛先となる、共同体の意志を意味している。実際、中世からつづく「そうしなくてはならないこと」を規定する生活共同体を徹底的に破壊したフランス革命は、一七八九年以降その「一般意志」の指導に委ねるようなフランスという国家を成立させた。つまり橋川文三がまだ見出されていないと指摘する、日本人の「一般意志」とは生活共同体と明確に区別された国家のイメージをささえるものである。

吉本隆明が国家のイメージを正確にとらえるために、それがなにから区別されるのかに注目し、生活共同体をささえる庶民の意識を把握しようとしていくのに対し、橋川は生活共同体を破壊したときに生まれるはずの、知識人も庶民も等しくその権利を委ねることになる国家のイメージを明らかにしようとする。戦前の日本についての「天皇の意志以外に『一般意志』というものは成立しないと考えられた」という指摘は、そこに自立した個人が存在できないという意味で丸山真男的だが、たしかに社会契約や一般意志という概念を通せばそう言えないことはないし、実際その「『一般意志』を見出」すという作業がどういうものになるのかは別として、理念として正しい主張であるように思える。

こうして国家論としての『共同幻想論』を読み解いてきたが、最後に吉本自身は自立した個人として国家についてどう考えていたのかを考察してみたい。人間の幻想領域についての、より普遍的で科学的な知見を目指している『共同幻想論』の記述から、そうした政治的な領域に踏み込んだ主張を見つけるのは難しい。けれども強いて言えば、たとえば中盤の第五章「他界論」にある、

共同幻想が原始宗教的な仮象であらわれても、現在のように制度的あるいはイデオロギー的な仮象であらわれても、共同幻想の〈彼岸〉に描かれる共同幻想が、すべて消滅せねばならぬという課題は、共同幻想自体が消滅しなければならぬという課題といっしょに、現在でもなお、人間の存在にとってラジカルな本質的課題である。[*19]

という一節や、終盤近くの第十章「規範論」にある、

わたしたちはただ、公権力の〈法〉的な肥大を、現実の社会的な諸関係が複雑化し、高度化したためにおこった不可避の肥大としてみるだけではない。最初の共同体の最初の〈法〉的な表現である〈醜悪な穢れ〉が肥大するにつれて〈共同幻想〉が、そのもとでの〈個人幻想〉にたいして逆立してゆく契機が肥大してゆくかたちとしてもみるのである。[*20]

といった箇所が、それに当たりそうである。これらの記述では「共同幻想自体が消滅しなければならぬ」や「最初の共同体の最初の〈法〉的な表現である〈醜悪な戯れ〉が肥大する」という言い

方で、いわば「共同幻想」自体が否定的に語られている。

ここまで人間の幻想領域には「共同幻想」と「対幻想」と「自己幻想」があるという仮定にしたがって『共同幻想論』を記述してきた吉本が、どうしてそこでは「共同幻想」だけ「消滅しなければならぬ」ものとして語らなければならないのか。仮に消滅すれば、人間には「対幻想」と「自己幻想」しか残らないことになるが、本当にそれでよいのか。

吉本隆明のカール・マルクスの思想に対する親近感から考えれば、その「共同幻想」の消滅という事態は、マルクス主義の理念を受け継いでロシア革命を成功させたウラジーミル・レーニンが『国家と革命』（一九一八年）で展開したような、プロレタリア革命によって国家を「廃絶」する「国家の止揚」という考え方を連想させるかもしれない。しかし「共同幻想」が「肥大」化することは、共同体の起源にある「醜悪な穢れ」が肥大することでもあり、それが「個人幻想」と「逆立」するきっかけとなるという記述から、わたしたちは吉本が目指していたもう少し普遍的で科学的な知見を取り出さなくてはならない。

たとえば幻想領域の「消滅」が「萎縮」の次に来る段階だとすれば、その「消滅」とは現実には到達不可能な、一種の理想状態を示していると考えることができる。では吉本の主張とは逆に「共同幻想」が「肥大」化して、それとは「逆立」する「対幻想」や「自己幻想」が「萎縮」し、さらに「消滅」するような状況を想定してみる。これは国家のイメージに飲み込まれて「私」が「私」であることが許されなかったり、自由な恋愛ができなくなったりすることを意味するから、どんな意味でもまったく肯定できない状況であることがわかる。だとすれば「共同幻想」の「消滅」とは、あらゆる意味で「自己幻想」や「対幻想」の「萎縮」や「消滅」を心配しなくてよい状況であると言える。

しかしどうしてそのような状況を想定するために、「共同幻想」の「消滅」まで考えなくてはならないのか。それは『共同幻想論』の記述が丁寧に辿ってきた内容が証明しているように、あらゆる「共同幻想」はその起源に「自己幻想」や「対幻想」との利害関係をもっているからである。だからどんな「自己幻想」も「対幻想」も「萎縮」させない「共同幻想」の状態とは、現実には到達不可能な「共同幻想の消滅」と表現するしかないものなのである。

こうした理想的なあり方から逆算して、そこに所属するあらゆる「私」が「私」であることを許され、どんな対の関係を結ぶことも自由であるような国家のイメージを手に入れることは、国家について考える自立した個人の課題である。その二一世紀の現在まで解決していない課題こそ、時代のなかにある『共同幻想論』が普遍的で科学的な知見として語ろうとしていたものではないか。

＊1　http://www.sealds.com。二〇一七年一月五日確認。
＊2　橋爪大三郎、『永遠の吉本隆明［増補版］』、一八ページ［増補部分］
＊3　内田樹、『昭和のエートス』、二七ページ
＊4　鹿島茂、『吉本隆明1968』、三七－三八ページ
＊5　学生ではないので運動には参加しないが、運動に理解を示して協力する同伴者の知識人という意味。
＊6　吉本隆明、『擬制の終焉』、一三ページ

＊7 『擬制の終焉』、一〇三ページ
＊8 『永遠の吉本隆明［増補版］』、一八―一九ページ［増補部分］
＊9 『永遠の吉本隆明［増補版］』、一九ページ［増補部分］
＊10 吉本隆明、『共同幻想論』、一六ページ
＊11 『共同幻想論』、三九ページ
＊12 『共同幻想論』、一三六ページ
＊13 『共同幻想論』、四八ページ
＊14 吉本隆明、『高村光太郎』、一四六―一四七ページ
＊15 丸山眞男、『現代政治の思想と行動・上巻』、一五ページ
＊16 『共同幻想論』、一〇八―一〇九ページ
＊17 『共同幻想論』、一一八ページ
＊18 橋川文三、『ナショナリズム――その神話と論理』、二四二ページ
＊19 『共同幻想論』、一三五ページ
＊20 『共同幻想論』、二三八ページ

第2章

『共同幻想論』のなかの日本

『共同幻想論』は、具体的な考察のための主な素材として
『遠野物語』と『古事記』の2つを選んでいる。
『遠野物語』の発表された1910年の戦前日本と
『共同幻想論』の書かれた1960年の敗戦後日本を
地つづきものとして考えることでこそ、みえてくる「共同幻想」。
また『古事記』を神話分析の素材として読むだけでなく、
そこから普遍的で科学的な知見を取り出し
その「共同幻想」に重ねていく。そんな大胆な試みをする吉本の視線は、
日本という「国家」の起源にまで到達する。

1　戦後日本で書かれた『共同幻想論』

ジャン＝ポール・サルトルと吉本隆明

吉本隆明が一九六〇年から一九七〇年にかけて、日本の若者たちから受けた圧倒的な支持と比較しやすいのは、実存主義の思想家として知られるフランスの文学・哲学者ジャン＝ポール・サルトルが、一九四五年の第二次世界大戦終了前後から一九六〇年代にかけてフランスのみならず、世界中の若者たちから受けた強い支持だろう。

一九三八年に刊行した長篇小説『嘔吐』や一九四三年に刊行した哲学書『存在と無』といった著作で、世界大戦終了前から文学・哲学者として活躍していたサルトルは、たとえば大戦終了後の一九四五年一〇月に行った講演「実存主義はヒューマニズムである」などで、大きく注目をあつめた。そうして戦争が終わったあとの混乱した世界で、若い世代の新しい指針となるような発言を次々と行い、やがて戦後世界における指導的な知識人の位置を占めるようになった。

思想を語る知識人である以前に、小説や戯曲を発表する文学者であったという意味で、サルトルは敗戦後の日本で詩人として出発した吉本隆明に通じる。また現代の情勢について、積極的に関与する発言をしつづけたという点でも、吉本隆明とサルトルは重なっている。サルトルは一九四七年から六五年にかけて断続的に刊行した十冊におよぶ評論集『シチュアシオン』にまとめられるような文章で、吉本は思想的な「自立」を掲げて一九六一年に谷川雁、村上一郎と三人で創刊した雑誌「試行」の巻頭に置いて名物となった「情況への発言」で、それぞれ同時代の出来事に触れながらその思想を語った。

あるいは一九〇五年生まれのサルトルが、一九四五年にモーリス・メルロ＝ポンティらと雑誌「現代《レ・タン・モデルヌ》」を創刊し、既存のジャーナリズムから「自立」した言論活動をフランスで展開していたことを考えるなら、そもそもふたりは社会における言論人としての立ち位置が非常に似ていたと言うことができるかもしれない。一九二四年生まれの吉本もまた、サルトルが「現代」の編集で一九五三年にメルロ＝ポンティと決別したことをなぞるかのように、一九六四年から単独編集となった「試行」を中心に思想的な著作を発表したが、その立ち位置は同時にアカデミズムからもかなり距離があった。だからふたりは大学教員のような安定した立場をもたず、次々と著作を刊行しながら生活していた。

ではそうしてサルトルと吉本が、同時代のジャーナリズムからもアカデミズムからも「自立」した知識人であり、それゆえジャーナリズムやアカデミズムを信頼する手前にいる若者たちから支持されたとすれば、ちょうど吉本が全共闘の学生たちから強い共感を寄せられていた一九六〇年代後半に、すでにクロード・レヴィ＝ストロースの構造主義人類学などから思想的な批判を受けていたサルトルは、どのようにして学生たちの前に立っていたのか。

しばしば一九六〇年代末に盛り上がった日本の全共闘運動は、ベトナム戦争が起きて東西冷戦の緊張が高まっていた世界情勢を背景に、若者たちが社会のあり方に異議申し立てをする世界的な潮流に呼応していたと言われる。その象徴となる出来事が、フランスのパリで一九六八年五月に行われた、のちに「五月革命」と呼ばれる大規模な抗議デモである。

パリ郊外にある、パリ大学ナンテール分校での学生たちの抗議集会を発端とし、カルチエ・ラタンにあるパリ大学ソルボンヌに場所を移した大学生による抗議行動は、ベトナム反戦や反帝国主義を掲げて大学自体のあり方に対する批判を含みながら、ド・ゴール政権を大きく揺るがすところまで影響を拡大した。教室が占拠されて大学の授業は行われず、カルチエ・ラタンでは学生と警官隊の衝突が起きるなか、やがて抗議行動は大学のある地方都市に飛び火した。そこに五月一日のメーデーからはじまる労働者によるストライキが合流し、パリでは労働者と学生が連帯しながら抗議デモがくり返され、ゼネラルストライキが継続された。そうしてストライキはフランス各地に広がって公共交通機関が停止し、五月二一日には銀行やデパートも閉鎖され、フランス全土で推定九百万人がストライキに参加してフランス経済は麻痺状態に陥った。

その間、アメリカ合衆国や西ドイツや日本でも抗議行動が行われ、フランスの抗議行動は各国の学生運動代表から支持された。サルトルはその嵐のような状況のなか、五月八日にいち早く学生支持という声明を出し、左翼連合議長ミッテランが議会で政府退陣と総選挙を要求した二〇日には、自主管理中のソルボンヌで学生たちと討論している。

翌日の「フランス・ソワール」紙の記事を引用している、西川長夫『パリ五月革命　私論』によれば、討論の会場となったソルボンヌの大講堂は超満員で、夜八時に現われたサルトルは学生たちの質問に答え、こう語ったという。──学生の蜂起が現在の労働者のストライキの動きの起源であることは明白だ。(……)現在形成されつつあるもの、それは徹底したデモクラシーの上に築かれた社会という新しい概念、社会主義と自由の結合である。(……)諸君の運動の意味の一つは現在の社会にくみこまれることの拒否にある。ブルジョワであること、それはある程度ブルジョワジーの犠牲者であることだ。私に一番重要に思えるのは、ブルジョワの息子たちが現に革命的な精神において労働者と結合していることだ──[*1]。

それは社会的に見れば、すでに世界的な評価を獲得している思想家が「学生の蜂起」にはじまる新しい運動に理解を示し、思想的に「革命的な精神において労働者と結合している」と評価したという出来事である。しかし一九七四年に刊行された、新聞記者フィリップ・ガヴィと政治活動家ピエール・ヴィクトールという「五月革命」世代の若者たちを相手にした討論の記録『反逆は正しいI』を参照すると、そのころ六十代に差しかかっていたサルトルは、少なからず困惑を感じていたようだ。フランス共産党とソビエト連邦のあいだで独自の左派的立場を示していたサルトルは、たしかに保守的な政治家であるシャルル・ド・ゴールを批判的に見ていたので、その政権を揺り動かすにいたる学生たちの抗議行動を肯定的にとらえた。けれども討論が行われた一九七〇年代前半からふり返って、サルトルはその「五月革命」について「根底において学生を理解してはいなかった」「それ以上にぼくに分らなかったのは、この運動、とりわけその後に続いた労働者のストライキの本当の（総体的な）意味だった」[*2]と回想する。

なぜならまさに吉本隆明が、戦前の日本とおなじ「労働者・学生・市民」と断絶した知識人を批判し、自立した個人として判断するという学生たちの内面の自由を肯定することによって支持を得ていたとき、いつの間にかサルトルは第二次世界大戦以前からそのあり方が変わらない、批判されるべき知識人として学生たちの前に立っていたからである。それは学生たちの運動が盛り上がるなかでそう見えてきたものだが、ちょうど『反逆は正しいⅠ』は学生側に立っていたヴィクトールとサルトルによる、次のようなやりとりを記録している。

ヴィクトール――きみは一九六八年の五月革命によって糾弾されたとは感じなかったのか。

サルトル――そうは感じなかった。学生たちがぼくを歓迎してくれたからだ。それは六九年に少しずつやって来たのだ。そこには二つの問題があったのだよ。一方で、五月革命はぼくのような知識人に、今や共産党の左に、まだ曖昧ではあるが発展を約束されている強大な勢力の存在することを示した。それはぼくらの多くが、それまでずっと期待してきたことだった。けれども事件のもう一つの様相は、この左翼の勢力が、あるがままのぼくらを受入れるわけにはいかなかったということなのだ。ぼくらがたえず呼び求めてきた運動が、まさに古典的知識人としてのわれわれに異議を申し立てるものであったということは、当初ぼくらには常軌を逸するもののように思われた。だからそれを理解すること、そしてなお先に進むことが必要だった。（……）ぼくが彼らとの対話のためにソルボンヌに行ったとき、こんなことを言う者がいたのだ、「こん畜生！　あいつはここに何の用があるんだ。ありゃ、スターだ、スターなんかには用はないんだ」。[*3]

ここで「古典的知識人としてのわれわれ」と言われているものが、吉本隆明の言い方では「労働者・学生・市民」と断絶した知識人に当たっている。そしてそれが当時の学生たちから断絶しているということも、その「スターなんかには用はないんだ」という言葉によってよく示されている。サルトル自身は自分が「スター」と見られたのは、ソルボンヌの大教室に連れてきた整理係にも責任があり、またブルジョアにそう仕立て上げられた側面もあるという言い方をしているが、いずれにしても間違いないのは、そこで求められていたのが第二次世界大戦終了前後から一九六〇年代にかけて、世界的にその思想が評価された「スター」としての知識人ではなかったということである。

戦後日本と戦後フランスの違い

こうして社会における言論人としての立ち位置が似ているにもかかわらず、一九六〇年代後半に学生たちから支持された吉本隆明と「異議を申し立て」られる立場となったジャン＝ポール・サルトルの違いは、いったいどこから生まれてきたのか。それは支持された時代がずれているせいかもしれないし、またそれぞれが語った思想の内容からも説明できるかもしれない。けれどもその違いが、知識人としてのあり方をめぐるものであることを考えるとき、なにより吉本にあってサルトルにないのは、一九四五年に敗戦したという屈折である。

つまり第二次世界大戦に敗北した、枢軸国側の日本で一九四五年を迎えた吉本隆明にとって、戦前とおなじ「労働者・学生・市民」と断絶した知識人であることは、おそらく批判されるべきことだと考える必然性があった。それに対してサルトルは、世界大戦中は枢軸国側のドイツに占領されながら、大戦が終わったときには勝利した連合国側になっていたフランスで戦後を迎えた。だから大戦後のフランスでは、戦前から変わらない「古典的知識人」を批判しなくてはならないと考える必要はなかったし、サルトルもまた言論人としてジャーナリズムやアカデミズムから「自立」しながら「古典的知識人」のまま語ることができた。

そのもっとも象徴的な文章の一つが、一九四八年に刊行された『シチュアシオンII』（邦訳『文学とは何か』）に収められた「一九四七年における作家の状況」だろう。

私が語るのはフランスの作家についてである。それは、ブルジョアとしていぜんとどまっている唯一の作家であり、一五〇〇年のブルジョアの支配によって破損され、卑俗にされ、柔和にされ、《俗物性》を詰め込まれた国語に甘んじなければならない唯一の作家である。その俗物性のどれもが、気楽さと投げやりとの小さな吐息のように見える。アメリカの作家は、幾冊か本を出す前に、手仕事をすることがしばしばであった。彼はその職業にふたたび戻ってくる。一つの小説と次の小説を出すまでのあいだ、アメリカの作家にとっての天職は、牧畜農場や、製作所や、市街にあると思われている。[*4]

これはその書き出しだが、ここでサルトルが「ブルジョア」という言い方で、戦後フランスにおける作家たちの状況を説明しようとしているのは、そこにある「一五〇年のブルジョアの支配」という言葉からもわかるように、戦前からの連続性を意識しているからである。そうして第二次世界大戦で国土がほとんど戦場にならず、原子爆弾を使用できる軍事力をもつことを示し、戦後世界におけるもっとも有力な国家の一つとなったアメリカ合衆国に対する意識もあっただろうが、次いでサルトルはそのフランスの作家と比較してアメリカの作家は「ブルジョア」ではないと言い、さらにイギリスやイタリアの作家たちもそうではないと指摘する。

だから一九四七年において、フランスの作家は「世界中で最もブルジョア的な作家」であり、実存主義の思想から言えば、その「状況《シチュアシオン》」にどう「関与《アンガジュマン》」するのかが作家たちの課題になる。もちろんサルトルが依拠するマルクス主義的な歴史観では、その「ブルジョア」という言葉は批判されるべき、革命によって乗り越えられるべきものという意味を含んでいる。しかし同時に文学としては、豊かな遺産を継承しているという誇らしげな響きがあるところが、敗戦後の日本とはまったく違っている。たとえばそれは、その「ブルジョア」であるフランスの作家たちが所有するものを数え上げる、「われわれは、自分の最初の小説をはじめるよりずっと前に、文学に慣れていたのであり、樹木が庭園に生長するように、書物が文明社会に成長するのは、われわれには当然と思われていたのである。ラシーヌやヴェルレーヌをあまりにも愛好したからこそ、十四歳で、夕べの自習時間中とか高等中学《リセ》の広い中庭で、作家という天職を、われわれは発見したのだ。進行中の作品と、かくも味気なく、かくもわれわれのあらゆる体液で粘つく、かくも運まかせのあの怪物と取組んでしまっている自分を見出す以前に、われわれは既成の文学に養われていたのだった[*5]」、といった調子によく示されている。

こうして長篇小説『嘔吐』と哲学書『存在と無』の著者であったサルトルは、フランスの文学における第二次世界大戦以前と以後の連続性を強調し、いわば「ブルジョア的な作家」としてその「状況」に「関与」していくことで世界的な支持を受ける思想家となっていくが、だからこそ一九六〇年代後半には「ブルジョア」を出自とする「古典的知識人」として、批判されるべき存在と見なされることになった。

以上の比較からどんなことがわかるかと言えば、たしかに若者たちが社会に異議申し立てをした一九六〇年代の世界では、フランスでも日本でも「労働者・学生・市民」と断絶した知識人が批判されるようになったが、第二次世界大戦後のフランスでは吉本隆明のように「労働者・学生・市民」と断絶しないことを目指す知識人はありえなかったし、敗戦後の日本ではサルトルのように戦前から連続性をもつ「古典的知識人」であることはほとんど不可能だったということである。

つまり一九六〇年代から一九七〇年代にかけて、日本の若者たちから圧倒的な支持を受けた吉本の思想は、サルトルがそうだったように学生から断絶した「古典的知識人」に「異議を申し立てる」という点では世界的な、普遍性をもつものに見えるかもしれないが、あくまでそれは敗戦後の日本で初めて可能になったものである。だからそれは吉本隆明が国家論として、普遍的で科学的な知見を目指そうとしていた『共同幻想論』でもおなじであり、だとすれば次に『共同幻想論』で語られている内容をより深く理解するための方法は、そこで国家として語られている「日本」がどんなものかを見ることである。

2 『共同幻想論』から取り出せる科学的な知見

『遠野物語』を資料とする意味

最初に『共同幻想論』が刊行された一九六八年から十年以上たって、また一九六五年に刊行した『言語にとって美とはなにか』からはじまる原理的な著作を一九七一年に刊行した『心的現象論序説』で一区切りつけて、吉本隆明は序章でも引いた角川文庫版『共同幻想論』に付された「角川文庫版のための序」で、マルクスから学んだ「幻想の共同体」という西欧的な国家のイメージと「国民のすべてを足もとまで包み込んでいる袋みたいな」アジア的な国家のイメージの違いに触れ、その西欧的な国家のイメージに驚いたと語っている。そしてそれから先が興味深いのだが、イメージが違うということはそのままにして、吉本は「おなじ国家という言葉で、これほどまで異質なイメージが描かれることにふかい関心をそそられた[*6]」と書きつけている。

つまりヨーロッパの学問を模倣してはじまった近代以降の日本の学問がしばしばそうするように、吉本は西欧的な国家のイメージを基準としてアジア的な国家のイメージの特殊性を論じるわけでもなく、また二〇世紀後半の世界で常識となっていく価値相対主義的な視点から、それらのイメージの違いを数え上げて記述するわけでもない。いわば吉本は、その「異質なイメージが描かれること」自体を説明できるような国家論を試みているのであり、しかもあくまで素材としているのは「日本」である。

第一章「禁制論」は、理由がまったく合理的ではない「タブー」という言い方をすれば未開のものであり、同時に「してはならないこと」という思い込みと考えれば、精神疾患の原因や日常的なものとしても語れる「禁制」を取り上げている。そしてその人間の幻想領域としての本質に迫るため、吉本はジークムント・フロイトが一九一三年に発表した論文「トーテムとタブー」を参照しながら「自己幻想」「対幻想」「共同幻想」の三つを区別する必要があることを提案し、次のような言い方で柳田国男が一九一〇年に聞き書きで発表した『遠野物語』を一次資料とすることを宣言する。

未開の〈禁制〉をうかがうのにいちばん好都合な資料は、神話と民族譚である。だが〈禁制〉と〈黙契〉とがからまったまま混融している状態を知るには、民族譚が資料としてはただひとつのものといっていい。神話はその意味では、高度につくられすぎていて、むしろ宗教・権威・権力のつながり方をよく示しているが、習俗と生活威力とがからまった〈幻想〉の位相をしるには、あまり適していない。

民族譚は現在に伝えられているかぎりすべてあたらしいものだ。未開の状態をうかがえるとしてもかなり変形されている。そしてこの変形は、神話のように権力にむすびついた変形ではなく、習俗的なあるいは生活威力的な変形というべきものである。

さいわいにもわたしたちは、いま無方法の泰斗柳田国男によってあつめられた北方民譚『遠野物語』をもっている。この日本民俗学の発祥の拠典ともいうべきものは、民譚の分布をよく整備してあり、未開の心性からの変形のされ方は、ひとつの型にまで高められていて、根本資料としての充分な条件をもっている。わたしたちはこれを自由な素材としてつかうことができる。*7

ここでまず確認しておくべきことは、吉本隆明は日常的な「してはならないこと」と原始的な「タブー」が重なる「禁制」という主題について、具体的な考察をしていくための素材として『遠野物語』を選択することで、ちょうど『共同幻想論』が書かれている一九六〇年代における敗戦後の日本と、『遠野物語』が発表された一九一〇年ごろの戦前の日本を地つづきのものとしているということである。なぜなら『古事記』のような神話ではなく『遠野物語』を選ぶのは、その民族譚が原始的な「タブー」をそのまま記録する「古い」ものだからではなく、未開な状態に「習俗的なあるいは生活威力的な変形」を加えただけの「あたらしいもの」だからである。おなじ章の別の箇所で、吉本は『遠野物語』から取り出せるものについて「又聞き話とそうだ話とが手をのばせる時間的なひろがりは、ここでは百年そこそこである[*8]」という言い方もしているが、だとすれば『遠野物語』を素材として論じることができるのは、せいぜい遡って一八世紀の江戸期ぐらいまでの「禁制」である。

　そして重要なのは、吉本がその「禁制」を「習俗と生活威力とがからまった〈幻想〉」として、人間の幻想領域を「自己幻想」「対幻想」「共同幻想」と区別することで理解できると考えていることである。実際、そこでは日常的な「してはならないこと」の感覚を手がかりにして、大岡昇平が一九五一年に発表した小説『野火』やジェイムズ・フレーザーが一九三六年に完成した研究書『金枝篇』に触れながら、あざやかな手つきで『遠野物語』の挿話から原始的な「タブー」のあり方が取り出される。

　日常的な「してはならないこと」が原始的な「タブー」に通じているというのは、たとえば婚姻や葬礼の儀式について考えてみればわかる。そこには社会集団に応じてさまざまな「してはならないこと」のリストがあるが、その起源について考えていくとしばしば過去の共同体における儀礼に辿りつく。とりわけ葬礼は生と死をめぐる「禁制」に結びついており、だからそれはどんな社会集団でも現代的であるとともに根源的である。

こうして体系的な著作として示されたその分析のあざやかさは、日常的な「してはならないこと」のあり方が原始的な「タブー」のあり方に通じているという、吉本の卓越した「禁制」のとらえ方によっている。しかし同時にそのことが証明しているのは、敗戦後の日本における日常的な「してはならないこと」の感覚によって、戦前の日本で発表された『遠野物語』から十八世紀の江戸期ぐらいまで遡ることが可能な、近代以前の共同体における「タブー」が理解できるということにほかならない。

吉本隆明が特異なのは、一九四五年の敗戦という屈折をあたえられたからこそ、アメリカ合衆国の占領下ではじまった「戦後日本」と、そこで否定されるべき一九四五年の敗戦に辿りついた「戦前の日本」と、さらにそれ以前の「近代以前の日本」をおなじ国家という「共同幻想」を語るものとしてならべていることである。いわばそれは戦争に突入した「戦前の日本」と平和憲法を掲げた「戦後日本」が、日常的な「してはならないこと」の感覚や「共同幻想」のあり方ではそれほど変わらないということであり、おそらくそのことは吉本による戦前から変わらない「労働者・学生・市民」と断絶した知識人に対する批判と通じている。そしてそのような視点がどれほど特異かということは、丸山真男の「超国家主義の論理と心理」（一九四六年）や桑原武夫の「第二芸術」（一九四六年）、またマチネ・ポエティックの『１９４６・文学的考察』（一九四七年）や中村光夫の『風俗小説論』（一九五〇年）といった、おなじく屈折をあたえられた敗戦後の日本ですぐに政治や文学について語って「戦後日本」を形づくった文章が、いずれも「戦前の日本」の前近代性や近代社会としての不完全さを批判的に語っていたことと比較してみればわかる。
そのような意味で、吉本隆明の『共同幻想論』が柳田国男の『遠野物語』を一次資料としていることの意義を、同時代に理解して言葉として書き残しているのは、おそらく三島由紀夫ただひとりである。同年一一月に割腹自殺をすることになる、一九七〇年六月に寄稿した新聞の「名著再発見」と題された欄で、三島は柳田国男の『遠野物語』を紹介し、次のように書いている。

柳田氏の学問的良心は疑いようがないから、ここに収められた無数の挿話は、ファクトとしての客観性に於て、間然するところがない。これがこの本のふしぎなところである。著者は採訪された話について何らの解釈を加えない。従って、これはいわば、民俗学の原料集積所であり、材木置き場である。しかしその材木の切り方、揃え方、重ね方は、絶妙な熟練した木こりの手に成ったものである。データそのものであるが、同時に文学だというふしぎな事情が生ずる。すなわち、どの話も、真実性、信憑性の保証はないのに、そのように語られたことはたしかであるから、語り口、語られ方、その恐怖の様態、その感受性、それらすべてがファクトになるのである。ファクトである限りは学問の対象である。*9

ここで「語り口、語られ方、その恐怖の様態、その感受性、それらすべてがファクトになる」という受け止め方が、吉本が『共同幻想論』で『遠野物語』を素材として「共同幻想」について論じていくときの感覚とおなじである。実際、そう語られているという事実を手がかりに、吉本は『遠野物語』や『遠野物語拾遺』から取り出した話で語られている内容が「自己幻想」なのか「対幻想」なのか「共同幻想」なのか、あるいはそれらが混合したものなのかを分類し、分析を進めていくのである。

日常的なものから本質的なものへ

吉本隆明による分析の進め方で面白いのは、第一章「禁制論」は日常的な「してはならないこと」の感覚で原始的な「タブー」のあり方を「共同幻想」として分析するが、第二章「憑人論」では『遠野物語』から「予兆」が語られた話を取り出して、やや日常から逸脱した精神病理に通じる「共同幻想」が人に「憑く」という現象について論じていることである。つまり手がかりとなる感覚が次第に日常からずれていくのに応じて、分析される共同体のあり方がより高度になっていくのである。

だから第三章「巫覡論」と第四章「巫女論」では、神に仕える男性の「巫覡」と女性の「巫女」という、ちょうど「共同幻想」が「憑く」役割が特定の人物になるという段階にある共同体について論じられるが、当然そうした共同体は分業が進んでいるという意味でただの「禁制」しかない原始的な共同体や「憑人」の現象が見られる村落共同体より高度である。それに連れて「共同幻想」のあり方も複雑化していると言えるが、日常的な「してはならないこと」の延長線上にある感覚を手がかりにして論じられるのは、人間にとっての死を「共同幻想」として説明する第五章「他界論」までであり、以後は『遠野物語』に代わって神話である『古事記』が分析の対象となる。

第三章「巫覡論」は、一九二七年に自殺した芥川龍之介が自殺の直前に書いた作品『歯車』を入口にしているが、そこから『共同幻想論』における分析の進め方がよくわかる一節を引いてみる。吉本は『歯車』の主人公と比較できるような、魂が遊離する「離魂」という現象が語られている話を『遠野物語拾遺』から取り出し、次いで「いづな使い」が出てくる話を紹介して次のように書いている。

こういう〈いづな使い〉の民譚が、さきの〈離魂譚〉よりも高度だとかんがえられる根拠は、すでにここではじぶんの幻覚をえるための媒介が、はっきりと〈狐〉として分離されており、けっして嗜眠状態でもうろうとした意識がたどる直接的な離魂ではないからである。ここでは村落の共同幻想の伝承的な本質は、はっきりと〈狐〉として措定される。そして狐使いは、作為的であるかどうかにかかわりなく、〈狐〉という共同幻想の象徴にじぶんの幻覚を集中させれば、他の村民たちの心的な伝承の痕跡をもここに集中同化させることができると信じられている。（……）

さらにこういう〈いづな使い〉が、さきの〈離魂譚〉より高度だとかんがえられる理由は、はっきりとじぶんの幻覚を意図的に獲て、これを村落の共同幻想に集中同化させる能力が、職業として分化していることである。[*10]

こうして身近で原始的なものから、複雑で高度なものへと「共同幻想」の分析が進められる。そしてさらに「共同幻想」が複雑化し、高度化していった先に「国家」が現われるが、その分析で結びあわされているものが「戦後日本」と「戦前の日本」と「近代以前の日本」であるということは、少し先に出てくる「ここでとりあげている『遠野物語拾遺』の〈いづな使い〉の心性は、けっして原始的なものではない。年代的にもたかだか百年を出るものではないし、現在もまたさまざまな形で存在する（たとえば新興宗教）心性であるといえる」[*11]という言い方でも確認できる。

だとすればその「戦後日本」と「戦前の日本」と「近代以前の日本」の同一性をささえているものが、いわば『共同幻想論』全体を貫く「日本」という「共同幻想」にほかならない。それが現在までつづく平和憲法と民主主義を掲げた敗戦後の「日本」より広く、明治維新以降の近代国家としての「日本」にも収まらず、近代以前の「日本」まで含んで成立しているところに、おそらく国家論としての『共同幻想論』が独創的なものになっている理由がある。なぜならその「日本」を突き詰めていくとき、近代国家を成立させた西欧的な国家のイメージを相対化し、アジア的な国家のイメージを含んだ「国家」という概念に辿りつくはずだからである。

先に引いた「柳田国男「遠野物語」――名著再発見」の後半で、三島由紀夫は吉本隆明の『共同幻想論』に触れて次のように書いている。

さて私は、最近、吉本隆明氏の「共同幻想論」（河出書房新社）を読んで、「遠野物語」の新しい読み方を教えられた。氏はこの著書の拠るべき原典を、「遠野物語」と「古事記」の二冊に限っているのである。近代の民間伝承と、古代のいわば壮麗化された民間伝承とを両端に据え、人間の「自己幻想」と「対幻想」と「共同幻想」の三つの柱を立てて、社会構成論の新体系を樹てているのである。（……）

そういえば、「遠野物語」には、無数の死がそっけなく語られている。民俗学はその発祥からして屍臭の漂う学問であった。死と共同体をぬきにして、伝承を語ることはできない。このことは、近代現代文学の本質的孤独に深い衝撃を与えるのである。*12

一九七〇年一一月に陸上自衛隊の市ヶ谷駐屯地でクーデターを促す演説を行い、いわば天皇主義者として自死することになる三島由紀夫が、この当時マルクス主義者として知られていた吉本隆明の思想に深い理解を示していたということは、あるいは意外と感じられるかもしれない。しかし一九四五年の敗戦後一貫して「戦後日本」という欺瞞に満ちた空間に対する嫌悪をもちつづけ、一九五九年に発表した長篇『鏡子の家』以降は敗戦後の日本で失われつつある「戦前の日本」に「憂国」（一九六一年）や「英霊の声」（一九六六年）といった作品でリアリティをあたえようと苦心していた三島は、おそらく『遠野物語』を素材とした『共同幻想論』で追求されているものが「戦後日本」と「戦前の日本」と「近代以前の日本」を貫く論理であることがよく理解できたのである。

ここで「死と共同体をぬきにして、伝承を語ることはできない」と言われているのは、たとえば敗戦後の日本では「戦後日本」と「戦前の日本」で共同体のあり方が断絶し、戦争による死者が適切に位置づけられないという事態があることを指している。さらに言えば、その断絶は「戦後日本」と「戦前の日本」を含む「近代以降の日本」と「近代以前の日本」のあいだにもあり、だから「近代以前の日本」と結びついた稀有な文学作品となっている『遠野物語』に対し、三島由紀夫は「近代現代文学の本質的孤独」を感じているのである。

そうして『遠野物語』を一次資料として追求されてきた論理が「近代以前の日本」と「近代以降の日本」を結びつけるものになっていることを証明しているのは、第五章「他界論」に出てくる人間の死についての記述である。

> 人間はじぶんの〈死〉についても他者の〈死〉についてもとうてい、じぶんのことみたいに切実に、心に構成できないのだ。そしてこの不可解さの根源をたずねれば〈死〉では人間の自己幻想（または対幻想）が極限のかたちで共同幻想から〈侵蝕〉されるからだという点にもとめられる。ここまできて、わたしたちは人間の〈死〉とはなにかを心的に規定してみせることができる。人間の自己幻想（または対幻想）が極限のかたちで共同幻想に〈侵蝕〉された状態を〈死〉と呼ぶというふうに。〈死〉の様式が文化空間のひとつの様式となってあら

われるのはそのためである。たとえば、未開社会では人間の生理的な〈死〉は、自己幻想（または対幻想）が共同幻想にまったくとってかわられるような〈侵蝕〉を意味するために、個体の〈死〉は共同幻想の〈彼岸〉へ投げだされる疎外を意味するにすぎない。近代社会では〈死〉は、大なり小なり自己幻想（または対幻想）自体の消滅を意味するために、共同幻想の〈侵蝕〉は皆無にちかいから、大なり小なり死ねば死にきりという概念が流通するようになる。*13

ここでは「自己幻想」「対幻想」と「共同幻想」の関係によって人間にとっての死が説明されているが、加えてその説明の原則を変えないまま未開社会における「死」と近代社会における「死」が記述されている。そしてその記述は『遠野物語』を素材にして「共同幻想」のあり方を分析することで辿りついたものであり、吉本隆明の『共同幻想論』が国家としての「日本」について論じながら西欧的な国家のイメージとの違いを含む、普遍的で科学的な知見に近づいているのはこうした部分である。

この第五章「他界論」では『遠野物語』から取り出した「姥捨て」の話などを手がかりにして、人間の死が時間的ないしは空間的に表現される古墳時代ぐらいまでの段階にある「共同幻想」が分析されているが、その後の第六章「祭儀論」からは『古事記』が分析の対象となり、第十一章「起源論」までで「国家」の成立が論じられることになる。

『古事記』を経由した科学的な知見

つづく第六章「祭儀論」で重要なのは、第五章「他界論」で論じられた「死」についての「共同幻想」が「生」についてもくり返される原始的な段階から、人間の「生」を生み出す女性のあり方と穀物の「生」と「死」のサイクルが同一視される、おそらく初期の農耕社会における「共同幻想」を経て、やがて「生」についての「共同幻想」が独立して支配層の祭儀となるという過程についての分析である。ここで農耕社会の祭儀について論じられることで、敗戦後の日本における日常的な「してはならないこと」の感覚を入口にして進められてきた分析は、戦前の日本を経由してどこにも大きな断絶がないままようやく近代以前の原始的な国家「日本」のあり方に近づいている。

一次資料が『遠野物語』から『古事記』に変わって、日常的なものの代わりに参照されるのは文化人類学の知見や民俗学的な資料である。第六章「祭儀論」でも『古事記』の記述が古代メキシコのトウモロコシ儀礼と比較され、奥能登に残っているという農耕祭儀を参照して、たとえば「この奥能登におこなわれている農耕祭儀が、さきにあげた『古事記』の説話や、古代メキシコのトウモロコシ儀礼よりも高度だとみなされるのは、対幻想の対象である女性が共同幻想の表象に変身する契機がここにはなく、はじめから穀神が一対の男女神とかんがえられ、その対幻想としての〈性〉的な象徴が、共同幻想の地上的な表象である穀物の生成と関係づけられていることである」[*14]と論じられている。

ここで奥能登に残っている農耕祭儀が『古事記』の説話より高度だというのは、その農耕祭儀が近代以降までつづいているという意味ではない。あくまで近代以前の原始的な国家にいたる「共同幻想」の段階で高度だと言っているのであり、こうした論じ方は日常的な「してはならないこと」の感覚を手がかりに未開の状態に接近していたやり方とおなじである。ではどうして近代以降まで残っている農耕祭儀が、近代以前の説話の隣にならべられるのか。吉本隆明の言語についての考察でも同様の発想が見られるが、おそらくそれは柳田国男が一九三〇年に刊行した『蝸牛考』で提唱した、いわゆる「方言周圏論」の発想を応用したものである。

そこで柳田はカタツムリを示す方言を収集し、日本文化の発信地であった京都を中心として同心円状に方言が分布しており、また周辺に行くほど古い方言が残っているという事実から、方言が外側から内側に向かって変化してきたと推定した。とくに九州と東北地方におなじ方言が分布していることに着目し、柳田は次のように書いている。

> 是が現代に持続した都府の魅力、いわゆる都会熱の隠れたる病原であって、九州・奥羽はすなわちややその中心から遠かったのである。独り「京わらんべ」のみが都では軽佻であったのではない。新を喜び古きに倦む気風、機智と練習とをもって物言いの変化を促そうとする努力が、一般に繁華の土地にのみ尖鋭であったために、その反面から辺鄙と名のつくような地方には、多くの古いものが保存せられることになったのである。単に上世の民俗遷移の道筋であったが故に、袋から物のこぼれるように、ほろほろと中途に落ち散っているものと

解するのは誤りであろう。もしそれだけの原因からならば、鎮西に稀に皇祖東征の代の単語が、遺留していた理由にはなろうが、それが数十世紀を持ちこたえていた説明としては不十分である。ましてや鎌倉室町乃至は江戸初期の新語が、分布している不可思議を釈くことは到底出来ない。*15

この「方言周圏論」は影響が大きく、言葉だけではなく文化についても成立するのではないかという考え方が出されたこともある。しかし吉本隆明がここから受けとっているのは、文化の分布が同心円を描くかどうかという話ではなく、日本の周辺地方に京都を発信地とする古い文化がそのまま残っていてもおかしくない、という発想である。

だから奥能登に残っている農耕祭儀が、八世紀に成立した『古事記』の記述とならべられるほど「古いもの」を保存していることは充分ありうるし、実際に「共同幻想」として加えられた分析は、そのことを裏づけている。同様に第七章「母制論」では、沖縄本島の東南端に位置する久高島でつづいている「イザイホー」という祭儀が参照され、第十章「規範論」では、第二次世界大戦後まで日本の山地で移住生活をしていたとされる「サンカ」の伝承が引用されている。そうして次第に高度化した「共同幻想」のあり方が論じられていくなかで、徹底して「日本」を分析することが普遍的で科学的な知見そのものに辿りついていることが示されているのは、第七章「母制論」における母系社会についての分析である。

現在の世界ではほとんどの社会集団が父系制となっているが、人類は歴史上のある段階で母系社会を経験したという主張は、一八六一年に刊行されたJ・J・バッハオーフェンの『母権論』からはじまる。その主張を、ルイス・H・モーガンの主著『古代社会』(一八七七年)を経由して受け継いだフリードリヒ・エンゲルスは、一八八四年に刊行した『家族・私有財産・国家の起源』で母系社会を成立させたものと想定される原始集団婚について、可能なかぎり科学的に記述しようとした。しかし吉本隆明は、そのエンゲルスの記述を批判的に検討し、「〈母系〉制の基盤はけっして原始集団婚にもとめられないし、だいいちに原始集団婚の存在というのは、きわめてあやふやであるとおもう[*16]」、「〈母系〉制はただなんらかの理由で、部族内の男・女の〈対なる幻想〉が共同幻想と同致しえたときにだけ成立するといえるだけである[*17]」と書いている。

吉本によれば、集団婚を想定しなくては成立しないような説明は、家族を規定する「対幻想」の領域と共同体を規定する「共同幻想」の領域を混同している。だから性的な男女関係だけではなく、あらゆる対の関係に想定できる「対幻想」がどのような条件を満たしたとき、そのまま「共同幻想」と一致できるのかを考えることによって初めて、母系社会について普遍的な理解に達することができる。

いうまでもなく、家族の〈対なる幻想〉が部落の〈共同幻想〉に同致するためには〈対なる幻想〉の意識が〈空間〉的に拡大しなければならない。このばあい〈空間〉的な拡大にたえるのは、けっして〈夫婦〉ではないだろう。夫婦としての一対の男・女はかならず〈空間〉的には縮小する志向性をもっている。それはできるならばまったく外界の共同性から窺いしれないところに分離しようとさえするにちがいない。

（……）

ヘーゲルが鋭く洞察しているように家族の〈対なる幻想〉のうち〈空間〉的な拡大に耐えられるのは兄弟と姉妹との関係だけである。兄と妹、姉と弟の関係だけは〈空間〉的にどれほど隔たってもほとんど無傷で〈対なる幻想〉としての本質を保つことができる。それは〈兄弟〉と〈姉妹〉が自然的な〈性〉行為をともなわずに、男性または女性としての人間でありうるからである。いいかえれば〈性〉としての人間の関係が、そのまま人間としての人間の関係でありうるからである。それだから〈母系〉制社会のほんとうの基盤は集団婚にあったのではなく、兄弟と姉妹の〈対なる幻想〉が部落の〈共同幻想〉と同致するまでに〈空間〉的に拡大したことのなかにあったとかんがえることができる。*18

ここで「対幻想」の「拡大」や「同致」と言われているのは、つまり「対幻想」が「共同幻想」であるかのように機能していることであり、それが「対幻想」の当事者にも「共同幻想」であるかのように見ている者にも、不自然とは感じられない状態を指している。そしてこの『共同幻想論』中の白眉と言っていい分析が素晴らしいのは、兄弟と姉妹による「対幻想」を基盤としているという母系社会についての説明が、そのまま『古事記』に出てくる「アマテラスとスサノオの挿話」に接続できることである。

だからつづく箇所で吉本は、「アマテラスは原始的な部族における姉を、スサノオは弟を象徴している[*19]」と言って『古事記』の一節を引用し、姉と弟のあいだで交わされる性的な行為ではない「性」行為によって共同体を「生」む祭儀が行われていると読めることに注意を促し、神話の水準で「対幻想」と「共同幻想」が「同致」することを確認している。もちろんこのアマテラスとスサノオという姉と弟による神話の延長線上に、原始的な国家「日本」の起源に位置する、弟に補佐されて邪馬台国を統治したという女王卑弥呼が存在している。

3 「日本」の起源に迫る

科学的な知見としての「共同幻想」

こうして神話分析であると同時に、可能なかぎり客観的な歴史的事実に近づこうとしているという意味で、吉本隆明の『共同幻想論』における母系社会についての分析は、アジア的な国家のイメージに向かいながら、普遍的で科学的な知見になっていると言える。

それが普遍的で科学的な知見になっているということは、たとえばエマニュエル・トッドが一九八三年に発表した『第三惑星』（邦訳は『世界の幼少期』との合本『世界の多様性　家族構造と近代性』所収）における、家族構造とイデオロギーの関係についての分析を見てもわかる。そこでトッドは、二〇世紀後半の世界で見られる家族の類型を七つに分類し、カースト制度が存在している南インドの家族構造を父方の外婚制と母方の内婚制によってささえられているという意味で「非対称型」と名づけ、次のように分析している。

父方の外婚制と母方の内婚制というこのメカニズムの二つの側面は、両方ともに重要なのである。インドのイデオロギー上の原理、とりわけカースト・システムを生み出しているのは、この二つの規則の組合わせである。

家族レベルで内婚制モデルが存在することは、社会レベルで内婚制的なイデオロギーが存在することを説明するものである。結婚を通して産み出される家族の閉鎖形態は、結婚によって形成されるカーストの閉鎖形態のモデルとなっているのである。さらに詳細に見るならば、このような結婚システムは社会空間についての非対称的な概念を支えている。[*20]

つまりこの南インドにおける家族を規定している「非対称型」の「対幻想」は、そのまま「拡大」していけば、紀元前一三世紀まで遡るカースト制度を維持している社会の「共同幻想」と「同致」できる傾向をもっている。ではそのような「非対称型」家族をささえているものはなにかと言えば、しばしば父系制でそうであるような兄弟同士の関係ではなく兄弟と姉妹という異性間の関係であり、それゆえ「インド南部では、兄弟と姉妹の関係が極めて重要であることから、家族システムが母系制の傾向を帯びている」[*21]。

この母系制の傾向を帯びている家族の形態が、父系制以前に存在した母系社会とどんな関係にあるのかはわからない。しかしそれは、母系社会では兄弟と姉妹の関係が重要であるという吉本隆明の考察についての、一つの傍証となっている。

夏目漱石や森鷗外が営んだ近代的な家族の話からはじまる第八章「対幻想論」は、「個人幻想」や「共同幻想」と「逆立」する「対幻想」のあり方が論じられ、第九章「罪責論」では、あらためて『古事記』のような神話はどう読まれるべきかが問題提起される。そうして日本列島の農耕社会における、宗教的な権力が政治的な権力に置き換えられていく過程が、スサノオやサホ姫といった『古事記』の登場人物に託された「罪責」の意識から分析される。やがて律令国家が成立する、飛鳥時代以前の「大和朝廷勢力」という言葉もたびたび見えはじめるが、吉本は第十章「規範論」で宗教が法へと転化する中間状態を「規範」という言葉でとらえ、可能なかぎり精密に「国家」の起源に迫ろうとしている。

そこでは「わたしたちは、たんに〈宗教〉が〈法〉に、〈法〉が〈国家〉になぜ転化するかだけではなく、どんな〈宗教〉がどんな〈法〉に転化し、どんな〈法〉がどんな〈国家〉に転化するかを考察しなければならない[*22]」という問いが置かれ、すでに原始的な国家とは言えない、のちの平安時代の日本で編纂された法令集「延喜式」の「祝詞」で「天つ罪」と「国つ罪」と呼ばれているものが、スサノオをめぐる『古事記』の記述を入口にして考察される。

こうした問題設定は、おそらくその後の国文学研究の水準から考えても、かなり正確なものである。たとえば国文学者の西郷信綱は、一九九五年に発表した「古代的宇宙《コスモス》の一断面図」(『古代人と死』所収)で「天つ罪」と「国つ罪」が出てくる「祝詞」の「大祓の詞」の全文を掲げ、詳細に分析して次のように書いている。

さて大祓の詞にあげる罪の名を念のため記せば、(五)に見るとおり、「畔放・溝埋・樋放・頻蒔・串刺・生剥・逆剥・屎戸」(天つ罪)と、「生膚断・死膚断・白人・胡久美・己が母犯せる罪・己が子犯せる罪・母と子と犯せる罪・子と母と犯せる罪・畜犯せる罪・昆虫の災・高津神の災・高津鳥の災・畜仆し蟲物為る罪」(国つ罪)とになる。ここで忘れてはならぬのは、これらはみな広義での宗教上の罪つまりsinであり、刑法上の罪つまりcrimeではないという点である。例えば殺人や窃盗の罪をここにあげないのは、それらがcrimeであり律によって罰せられる罪であったからだ。また「己が母犯せる罪」「己が子犯せる罪」等をあげるのに、「人の妻犯せる罪」がないのも、やはり同じ道理にもとづく。それは「姧」として律で刑せられる。*23

ここで言われているのは、つまり「天つ罪」と「国つ罪」は宗教的なものに起源をもっているが、しかし「律」という法体系をもつ律令国家が成立したあとから見れば、逆にそのいくつかは「律」に入っていてもおかしくないということである。さらに言えば、その「祝詞」における「天つ罪」も「国つ罪」も、明らかに宗教的な穢れに向かって行われる「ミソギ」の対象ではなく、あくまで「大祓の詞」によって罪を祓い清める「ハラエ」の対象であった。だとすれば「天つ罪」や「国つ罪」には宗教でも法でもない、その中間にある「規範」とでも呼んで接近するしかないことになる。

吉本隆明の分析によれば、のちに「天つ罪」と呼ばれるものを『古事記』で犯しているのはアマテラスの「兄弟」に当たるスサノオだが、まずこの挿話は大和朝廷によって統一的な国家が成立する以前に「姉妹」が宗教的な権力をもち、その「兄弟」が政治的な権力をもつという共同体があったことを暗示している。次にスサノオの「姉妹」であるアマテラスは、そのまま大和朝廷勢力による王朝の始祖とされるが、その「姉妹」と「兄弟」による協力関係を乱すものが「天つ罪」と呼ばれている。だからスサノオが犯す「罪」は、統一的な国家が成立する以前の農耕的な共同体における宗教的なものを反映しているが、同時にそれらの共同体を征服したか統一したかして、いわば「天」に位置するようになった国家の秩序を乱すふるまいをも意味する。スサノオが農耕部民の始祖として、まだ大和朝廷にしたがっていなかった出雲系の勢力に結びつけられなければならなかったのは、そのせいである。

一方で、高天原から出雲に追放されたスサノオが詠んだ歌の解釈から、高天原と出雲の両方に属しているスサノオの挿話が、ちょうど「天つ罪」と「国つ罪」の接合点でもあったと考える吉本は、その「国つ罪」の内容に「天つ罪」の原型となった農耕的な共同体以前の宗教的なものを読み取っている。なぜなら「国つ罪」に入れられているのは「自然的カテゴリーに属する」ものばかりであり、また「兄弟」と「姉妹」とのあいだの性的な行為の「禁制」が入っていないことなどから、それは「前農耕的な共同体の段階をかなり遙かな未開の段階まで遡行できる」[*24]、「大和朝廷が編纂した『古事記』のなかで神権と政権の支配的な始祖に擬定されたるアマテラスとスサノオに担われた〈共同幻想〉のかたちより以前に（……）発生を想定してもあながち不当ではない」[*25]ものと考えられるからである。

しばしば神話では起源が隠蔽されるから、こうした解釈がどれだけ妥当なのかを判断することは難しい。しかし吉本隆明が記述しようとしているのは、原始的な国家が成立する過程における「共同幻想」のあり方であり、だとすれば次のような言い方は普遍的で科学的な知見に近いものになっていると言える。

氏族（前氏族）的な共同体から部族的な共同体へと移行してゆく過程で、変化していった〈共同幻想〉の〈法〉的な表現について、わたしたちが保存したいのはつぎのようなことだけである。

経済社会的な構成が、前農耕的な段階から農耕的な段階へ次第に移行していったとき、

〈共同幻想〉としての〈法〉的な規範は、ただ前段階にある〈共同幻想〉を、個々の家族的あるいは家族集団的な〈掟〉、〈伝習〉、〈習俗〉、〈家内信仰〉的なものに蹴落とし、封じこめることで、はじめて農耕法的な〈共同規範〉を生みだしたのであること。だから〈共同幻想〉の移行は一般的にたんに〈移行〉ではなくて、同時に〈飛躍〉をともなう〈共同幻想〉それ自体の疎外を意味することなどである。*26

ここで取り出されようとしているのは、いわば「戦後日本」や「戦前の日本」や「近代以前の日本」といった変化を超えて存在する「共同幻想」のあり方であり、そのような意味で吉本が論じようとしている「国家」は、過去の歴史的事実に属しているというより、むしろ日本語や日本文化の連続性によって、現在までのわたしたちの意識を規定する力をもつなにかである。この箇所で本質的なのは、だから「〈共同幻想〉の移行は（……）〈飛躍〉をともなう〈共同幻想〉それ自体の疎外を意味する」という一節であり、おそらくその原則は「近代以前」から「近代以後」への「移行」でも、また「戦前」から「戦後」への「移行」でも、国家として「日本」という同一性があるかぎりは生きつづける。

「共同幻想」としての「日本」

最終章「起源論」は、その「日本」という国家の起源を考察しようとするが、それが普遍的で科学的な知見として語られるために、先に吉本隆明は「国家」について定義する。しかし同時にその定義は、いわゆる「国家」の起源がきわめて語りにくいものであることも明らかにする。

はじめに共同体はどんな段階にたっしたとき〈国家〉とよばれるかを、起源にそくしてはっきりさせておかなければならない。はじめに〈国家〉とよびうるプリミティヴな形態は、村落社会の〈共同幻想〉がどんな意味でも、血縁的な共同性から独立にあらわれたものをさしている。この条件がみたされたら村落社会の〈共同幻想〉ははじめて、家族あるいは親族体系の共同性から分離してあらわれる。そのとき〈共同幻想〉は家族形態と親族体系の地平を離脱して、それ自体で独自な水準を確定するようになる。

この最初の〈国家〉が出現するのは、どんな種族や民族をとってきても、かんがえられるかぎり遠い史前にさかのぼっている。この時期を確定できる資料はどんなばあいものこされていない。考古資料や、古墳や、金石文が保存されているのは、たかだか二、三千年をでることはない。しかも時代がさかのぼるほど、おもに生活資料を中心にしかのこされない。〈国家〉のプリミティヴな形態については直接の証拠はあまり存在しない。*27

逆に言えば、その「直接の証拠はあまり存在しない」起源について語るためにこそ、吉本はここまで「自己幻想」と「対幻想」と「共同幻想」の関係について、その未開の状態から原始的な国家が成立する前後までのふるまい方について、可能なかぎり丁寧に記述してきたのだと言えるかもしれない。

古代史的な観点では、かつては四世紀ごろに興った大和朝廷勢力による統一政権の成立が、日本における国家の出現を意味すると考えられていた。それに対して吉本が「共同幻想」という言葉で記述しようとしているのは、それ以前に存在して国家の出現を可能にする「国家」意識とでも呼ぶべきものである。またそれが「自己幻想」や「対幻想」という言葉との関係で分析されてきたのは、たとえば母系社会が家族を規定する「対幻想」と「同致」した「共同幻想」によって維持されていたように、その「国家」意識においてはじめて「共同幻想」は「自己幻想」や「対幻想」と明確に切り離されるからである。吉本が「村落社会の〈共同幻想〉がどんな意味でも、血縁的な共同性から独立にあらわれたもの」を起源に位置する「国家」と考えているのは、そのことを意味している。

ではその「自己幻想」や「対幻想」と分離した「国家」意識は、どのようなところで確認できるのか。第九章「罪責論」から第十章「規範論」を通じて『古事記』から取り出してきた原始的な国家が成立する前後の「共同幻想」のあり方を、日本における国家についての最古の記録である『魏志倭人伝』にある邪馬台国の特徴と照らし合わせると、三世紀ごろに存在したとされる邪馬台国がすでにかなり高度な「国家」としての条件を備えていたらしいことがわかる。

なぜなら邪馬台国は、その「国家」としてのほぼあらゆる領域で「血縁的な共同性」から切り離され、宗教的な権力が世襲制になっていることだけが例外的である。宗教的な権力をもっているのは卑弥呼という女王だが、政治的な権力はその弟王に委ねられており、邪馬台国を支配している「法」が宗教的なものから明白に切り離されていることから、それは宗教的な制度が王権にのみ残っている「国家」である。そしてその「国家」のあり方は『古事記』から取り出した挿話によって、より時間的に遡ってもより時間的に下っても照応することが確かめられる。つまりそのような「共同幻想」のあり方こそ、さり気なく記されるように「天皇制の本質について大切な示唆」をあたえてくれるものであり、原始的な国家としての「日本」を規定している。

さしあたりの結論という書き方で、吉本隆明は『共同幻想論』の終盤近くで次のように書いている。

ここでわたしたちは、おなじ田地の侵犯が世襲的な宗教的王権の内部でかんがえられる〈法〉概念と、政治的な権力の核に想定される〈法〉概念とでは、それぞれ相違していることになるという問題にであう。宗教的な王権の内部では田地の侵犯に類する行為は〈清祓〉の対象であるが、政治的権力の次元ではじっさいの刑罰に値する行為である。この同じ〈罪〉が二重性となってあらわれるところに、おそらく邪馬台的なあるいは初期天皇群的な〈国家〉における〈共同幻想〉の構成の特異さがあらわれている。もちろんこれは、王権の継承が呪術宗教的なもので、現世的な政治権力の掌握とすぐにおなじことを意味していない初期権力の二重構造に根ざすものであった。*28

当然これ以降の「共同幻想」のあり方についても分析できるはずだが、「〈国家〉の起源の形態となった共同の幻想にまでたどりついた」「やっと数千年の以前までやってきた」[*29]ところで終わっているのは、宗教的な制度が王権にのみ残された「国家」であるという本質は、それ以降もおそらく現在までほとんど変わっていないからである。だとすれば、政治的な権力によるものと宗教的な権力によるものと、おなじ「罪」が二重になって現われるという問題も保存されるはずだが、最後にここで取り出された「日本」という「共同幻想」のあり方を相対化してみよう。

世襲的な王権が二重性をもつという現象は、たとえばヨーロッパで市民革命が起きる以前の絶対王制でも見られる。それは「朕は国家なり」と言ったと伝えられる、フランスの一七世紀から一八世紀にかけてのルイ一四世を典型的な例とするが、そこでは国王は死すべき身体をもつ個人であるとともに国家機構そのものと見なされるからである。一九八一年に刊行されたジャン＝マリー・アポストリデスの『機械としての王』は、冒頭でその「国王のふたつの身体」について次のように説明している。

　イギリスにおいてもフランスにおいても、アンシアン・レジーム期の王制は、国王のふたつの身体に関する理論に立脚していた。この理論は、フランスよりはむしろイギリスでよく知られており、サウスコートやハーパーといった法学者によって論じられた。（……）

イギリスの場合ほど体系的ではないにしても、フランスの王制もこのような政治理論の影響下にあった。この理論によれば、私的な個人としての君主と国家を具現する想像上の人格としての君主は、別々のものとしてとらえられる。同じひとつの身体のなかに、小文字の「王」と大文字で書かれる「王」が区別されるわけである。前者は一個の肉体を持った個人としての王であり、臣民の身体と同じように偶然の支配を受けている。それにたいして、後者は象徴的な身体であり、決して死ぬことがない。不死の身体としての君主は、正義と知の化身である。*30

キリスト教以降のヨーロッパでは、中世期を経てすでに宗教的な権力と政治的な権力は分離しており、いわば絶対王制では国王個人にのみ血縁的な共同性が残っている。これは国王の「自己幻想」が「拡大」して「共同幻想」と「同致」している状態だと言えそうだが、だから絶対王制では国王の身体が個人のものであると同時に国家そのものであるという二重性をもつのである。

こうした国家における二重性は、ちょうど「姉妹」と「兄弟」による「対幻想」が「拡大」して「共同幻想」と「同致」する母系社会を経由して成立した原始的な国家「日本」では、宗教的な権力をもつ「姉妹」を起源とする世襲的な王権と政治的な権力をもつ「兄弟」の役割を継承する政権の分離によるものだった。しかし市民革命以前でほぼ国家機構は近代そのものに近づいていたヨーロッパでは、その二重性は宗教的な権力をもたない「個人」である世襲的な王権と近代直前の「国家」が必要とする政権の、圧倒的な非対称によるものに相当していた。そして近代的な「国家」の起源を一七八九年に起きたフランス革命以降のフランスだと考えれば、その起源は「国王のふたつの身体」を分離して「個人」である小文字の「王」の身体を断絶し、あらゆる意味において血縁的な共同性を失った「国家」としての大文字の「王」の身体を生き延びさせたところにあると言える。

もし吉本隆明が言うように、西欧的な国家のイメージが「人間は社会のなかに社会をつくりながら、じっさいの生活をやっており、国家は共同の幻想としてこの社会のうえに聳えている」[*31]というものだとすれば、それはこうして近代的な「国家」が生活の基盤である血縁的な共同性から完全に切り離されて成立しているからである。しかし『共同幻想論』が証明しようとしているのは、歴史的に新しい近代的な「国家」と『共同幻想論』でその起源まで辿ってきた原始的な「国家」は、たしかに国家としてのイメージは違うかもしれないが、どちらが正しいというものではなく、「個人幻想」や「対幻想」と「逆立」する「共同幻想」としての本質は変わらないということである。

だとすれば近代的な「国家」である以前に、原始的な国家「日本」の「共同幻想」が近代以前から敗戦後まで生きている日本語と日本文化によって維持されている共同体では、近代的な「国家」であることも幻想であり、また大和朝廷から連続性をもつ「日本」であることも幻想かもしれない。そう考えることによって、ようやく普遍的で科学的な知見として、わたしたちは現在の「日本という国家」に接近できる。ここまで辿ってきた『共同幻想論』のなかに見出される「日本」は、そのようなことを語っているように思える。

＊1　西川長夫『パリ五月革命　私論――転換点としての68年』、一九四―一九五ページ
＊2　ジャン＝ポール・サルトル、フィリップ・ガヴィ、ピエール・ヴィクトール、『反逆は正しいI――自由についての討論』、六九ページ
＊3　『反逆は正しいI――自由についての討論』、七一―七二ページ
＊4　ジャン＝ポール・サルトル、『文学とは何か』（原題『シチュアシオンII』）、一六一ページ
＊5　『文学とは何か』、一六三―一六四ページ
＊6　吉本隆明、『共同幻想論』、六ページ
＊7　『共同幻想論』、四八―四九ページ
＊8　『共同幻想論』、六〇ページ
＊9　三島由紀夫、「柳田国男『遠野物語』――名著再発見」、読売新聞一九七〇年六月一二日
＊10　『共同幻想論』、九一ページ
＊11　『共同幻想論』、九三―九四ページ
＊12　「柳田国男『遠野物語』――名著再発見」、読売新聞一九七〇年六月一二日
＊13　『共同幻想論』、一二二ページ
＊14　『共同幻想論』、一四八ページ
＊15　柳田国男、『蝸牛考』、一三二―一三三ページ
＊16　『共同幻想論』、一六〇ページ
＊17　『共同幻想論』、一六一ページ
＊18　『共同幻想論』、一六一―一六二ページ
＊19　『共同幻想論』、一六二ページ
＊20　エマニュエル・トッド、『世界の多様性　家族構造と近代性』、二三八ページ
＊21　『世界の多様性　家族構造と近代性』、二四三―二四四ページ
＊22　『共同幻想論』、二二〇ページ
＊23　西郷信綱、『古代人と死』、七八ページ
＊24　『共同幻想論』、二二七―二二八ページ
＊25　『共同幻想論』、二二八ページ
＊26　『共同幻想論』、二三一ページ
＊27　『共同幻想論』、二三九ページ
＊28　『共同幻想論』、二五九ページ
＊29　『共同幻想論』、二六五ページ
＊30　ジャン＝マリー・アポストリデス、『機械としての王』、三―四ページ
＊31　『共同幻想論』、六ページ

第3章

「戦後日本」の終わり

本章では「戦後日本」の象徴としての原子力発電・核を考えていく。
2011年の東日本大震災後、それまで保持されていた幻想と、
事故後、露になった事実との大きな乖離は
多くのところで語られてきたが、ここであらためて検討したい。
そして、原発・核に対する是非論ではなく、戦後日本を発展させてきた
「共同幻想」との結びつきという視点で、考察を深めていく。
また、原発・核に対して吉本の取った独特のスタンスは、当時の思想界に
大きな波紋を投げかけたが、その意義についても取り上げたい。

1　震災後の日本について考える

個人的な三・一一体験

二〇一一年三月一一日の東日本大震災が起きた日のことは、いまでもよく覚えている。

その日は、東京都文京区にある自宅で仕事をしていたが、午後から出かける予定があった。大学時代から出入りしていた雑誌の編集部に顔を出す必要があったのだが、時間がはっきりと決まっていたわけではなく、朝からコンピュータの前に座ってすぐには終わりそうにない原稿を書いているうちに、午後一時を過ぎてしまった。

会社員をしている妻は、そのころ妊娠中期だったせいもあり、自宅作業をする日があった。ちょうどその日も、午後まで家のリビングルームでノートパソコンに向かっていたので、ふたりでありあわせのものでお昼ご飯を済ませた。そのあと、わたしはすっかり遅くなったと思いながら、自宅を出て最寄りの地下鉄の駅に向かった。もう午後三時に近かったが、天気のよい日だった。

地震が起きたのは、地下鉄のホームに到着した車両に乗り込み、扉が閉まろうとしていたときである。かなり長く揺れたが、そもそも地下鉄は揺れる乗り物である。午後の中途半端な時間で車内は空いており、のんびり座っていくつもりだったわたしは、それほどひどい地震とは思わなかった。しかしそのまま地下鉄は止まってしまった。しばらく待っていたが、すぐに出発しそうな様子ではない。仕方なく、これから向かうはずだった編集部に電話をしようとしたところ、携帯電話がまったくつながらない。それでようやくあちこちに被害が出た可能性のある、大きな地震であったことがわかってきた。

余震があることを感じながら自宅にもどってきたら、リビングで棚から置物が一つ落ちていた。マンションの二階部分だったせいもあるだろうが、自宅では目に見える被害はそれだけだった。東京近郊でも揺れで大きな被害があったということは、あとになって知った。

あまり危機感のないまま、妻と一緒にテレビで流れている地震情報を確認した。震源地は東北地方の太平洋側らしい。そうして各地の被害状況が明らかになるうちに、初めて事態の深刻さが飲み込めてきた。リアルタイムで中継される、東北地方沿岸部を襲う津波の映像は、とても現実のものとは思えなかった。しかしそれは紛れもない「現実」だった。

そのときの「現実のものとは思えない」という感覚は、以後も長く残った。あるいはそれは、それまで漠然といつまでもつづくと思っていた「戦後日本」の現実が、わたしのなかで崩壊した瞬間であったかもしれない。

震災直後の混乱した日々については、記憶は断片的だ。当時まだ保育園児だった長男と長女を迎えに行くと、防災頭巾をかぶって大人しく待っていた。それらの幼児との生活に必要な牛乳は、あっという間にスーパーマーケットやコンビニエンスストアから姿を消した。自転車を走らせて自宅から遠くにあるスーパーまで探しに行ったが、生鮮食料品の流通網が断絶していたのは、家庭で備蓄しておける四日や五日の話ではなかった。しばらく代用でスキムミルクを飲み、そのスキムミルクも在庫を遠くまで探しに行かなくてはならなかった。

そんな生活がはじまるなか、混乱を決定的なものにしたのは福島第一原子力発電所の事故である。震災当日の夜から、報道は不安になるものばかりだった。午後七時ごろ、地震にともなう津波によって全交流電源を喪失した一号機と二号機で、非常用炉心冷却装置による注水ができなくなったという説明があり、日本政府から「原子力緊急事態宣言」が出された。午後九時過ぎには、一号機の半径三キロメートル以内の住民に避難命令が出て、半径三キロメートルから十キロメートル圏内の住民には、屋内退避の指示があった。つまり放射能漏れの事故がありうるということである。

テレビの報道だけでは、なにがいったいどうなっているのかわからないので、仕方なくインターネットに向かった。そこでは憶測を含め、さまざまな情報が錯綜して語られていた。それらの情報から最悪の場合を想定した内容を拾っていくと、とても寝ていられるような状況ではなかった。

震災翌日から週末に入ったので、生活に必要なものの確保に追われながら、できるかぎり正確な情報を手に入れようとした。頭のどこかが痺れたような感覚で、テレビや新聞の報道と照らし合わせつつ、途切れることのないインターネット上の情報を読み解きつづけた。報道では、地震と津波に対して「未曾有」という形容が用いられ、その「未曾有」の災害によって引き起こされた原発事故については、わかりやすく「想定外」という説明が行われるようになっていた。しかし一市民が知りたい情報が、充分に開示されているとは思えなかった。そうした状況で、物理学者で原子力の専門家である高木仁三郎が中心となって一九七五年に設立し、原発に反対する運動を継続してきた「原子力資料情報室」のホームページ*1が、今回の事故についてはもっとも信頼できる情報を発信していることがわかった。

週明けには福島県の原発周辺で放射線量が上昇し、どうやら一五日には関東近県にも放射性物質が流れてくるのではないかという憶測が、まことしやかにインターネット上に書き込まれるようになった。放射能や放射線や被曝といった、震災前にはあまりリアリティのなかった言葉が、おそろしい迫力で生活に入り込んできた。東京でも、外出時にはマスクを着用している人が目立つようになり、わたしも家では窓を閉め切って余計な外出をしないようにしていた。しかし一四日から「原子力資料情報室」が公開するようになった放射線量の測定結果で、一五日の夕方に新宿で測定された放射線量が大きく上昇したのを目の当たりにしたときには、取り返しのつかないことが起きているという現実を認めざるをえなかった。テレビでは、原発から漏れた放射能は「直ちに影響が出るものではない」とくり返していた。

原子力発電という「共同幻想」

こうした個人的な記憶から書きはじめたのは、原発をめぐる問題では、ほかでもない個人的に経験した事実が大きな意味をもつからである。たとえば原子力発電所が自分の住むすぐ側に立地している人と、遠くにあってそこで発電された電気だけでしか関係していない人では、残念ながらその問題をどれほど切実なものとして考えるかが違ってくる。また今回の深刻な放射能漏れ事故が起きたあとでわかったのは、放射能で汚染された地域とそうではない地域でも考え方は異なってくるし、放射線の影響を受けやすい年齢の人間とそれほどでもない人間のあいだにも、感覚として断絶が起きうるということである。わたし自身について言えば、地域差はあるが水道水から検出されるぐらいには放射能で汚染された東京都に住み、震災直後に放射線の影響を受けやすい幼児と妊娠中の妻に配慮しなければならない立場だったことが、原発をめぐる問題に対する感覚を決定している。

吉本隆明の『共同幻想論』における言葉遣いにしたがえば、そうしたさまざまな事情によって形成される個人にとって原発がもつ意味は、社会における原発のイメージと「逆立」する構造をもっている。なぜなら原子力発電所のような大がかりなシステムは、国家レベルで採用したり推進したりする理由がなければ実現されないものであり、さしあたりここではどうして敗戦後の日本でそうなったかは問わないが、実際に原発が建設されるようなときには、それはすでに「共同幻想」として機能する条件をもっているからである。

しかしだからと言って、原発事故が起きたあとで原子力発電を推進してきた国家をわたしがすぐ批判する気になれなかったのは、事故が起きるまで原発の危険性をそれほど深刻なものとして認識していなかったという意味では、わたしもまた国家の「共同幻想」に荷担してきたと言えるからである。しかも事故当時に政権を担っていた民主党（現民進党）は、過去に政権政党として原子力発電を推進してきたわけではない。原子力発電所が危険であるという「事実」は、それこそ多くの知識人や「原子力資料情報室」のような団体によって震災前からずっと指摘されていたし、原子力発電所が近くにある土地では多くの住人によって切実なものとして認識されていた。けれどもその「事実」が、たとえば一九八六年に起きたチェルノブイリ原子力発電所事故後のイタリアやドイツでのように、日本では国家として原子力発電を推進しないという政策まで結びつくことはなかったのであり、それは東日本大震災にともなう原発事故が起きる以前に日本で語られていた原発のイメージが、それだけ強固であったということを意味する。

ではその震災前における、原発のイメージとはどんなものだったのか。おそらくそれについては、膨大な広告費が投入されていた広告がもっともよく語ってくれる。

広告代理店博報堂の社員であった経験のある本間龍は、福島第一原発の事故が起きるまでいかに広告や広告代理店が原発のイメージに大きな影響をもっていたのかという問題意識から、震災後の二〇一二年に刊行した『電通と原発報道』で、広告代理店最大手の電通と日本における原発報道が関連するメカニズムを明らかにしている。そして事故後あっという間に姿を消した原発についての広告のあり方に危機感を覚え、原子力発電を推進するために作成されてきた広告を一九七〇年代まで遡って記録し、その役割を検証した『原発広告』を翌年に出している。本間がそこで「原発広告」と名づけたものの問題点は、なにより広告表現が守らなければならない「虚偽を書かない」という原則を破っていたことであり、そのもっとも象徴的な内容が「原子力発電所は絶対に事故を起こさない」「万一事故が起きても放射能は絶対に外に漏れない」「原発は安全・安心なシステムである」という、いわゆる原発の「安全神話」である。

これらのイメージが事実ではなく幻想であったということは、福島第一原子力発電所の放射能漏れ事故が証明している。だからこそ事故後、あたかも「原発広告」などなかったかのような「空気」がテレビや新聞や雑誌といったメディアに生まれるが、本間はそうして事実と異なる「安全神話」が宣伝されていたことについて、かつて戦争中の日本で語られていた「鬼畜米英」「進め一億火の玉だ」「欲しがりません勝つまでは」といったスローガンとおなじ「プロパガンダ」ととらえ、二〇一六年に刊行した『原発プロパガンダ』で一九九〇年代の「原発広告」が果たした役割について、次のようにまとめている。


一九九〇年代は、ソ連のチェルノブイリ原発事故による反原発運動が峠を越え、さらに原発推進派が体制を立て直して原発PRの完成形に至る一〇年間である。

チェルノブイリ後の反原発運動の高まりに危機感を覚えた原子力ムラは、東電が中心となってメディアにいっそう多額の「広告費」という名のあめ玉を配りつつ、移り気な国民と油断ならないメディアの懐柔方法を検討し、九一年に「原子力PR方策の考え方」を策定する。これはその後の原発プロパガンダの指針となった重要施策であり、性別、年代別訴求の必要性を唱え、さらには莫大な資金力によって知識人やタレントの囲い込みも強力に推進していくこととなる。

その指針に従い、九〇年代は原発広告の表現テクニックにおいても完成形に到達した。それまでのどこか野暮ったいビジュアルはなくなり、コピーも洗練されていく。さらに、御用学者に加えてタレントや知識人を出演させた対談形式を多用し、専門知識と親しみやすさを兼ね備えた広告パターンができあがっていった。またこの頃から、東電による「報道番組提供戦略」が始まり、報道番組をスポンサードすることで、原発のネガティブイメージの露出を減らす動きが加速していく。*2

こうしたことが行われていたということは、わたしは原発事故後になって初めて知ったが、ここで指摘されている「原発PRの完成形」が、一九八〇年代からつづく日本のバブル経済が崩壊した一九九〇年代に現われていることは、注目に値する。なぜならそれらの「原発広告」は、バブル期に拡大しつづけてきた日本の広告費が一九九二年から九三年にかけて大きく減少に転じるなかで（電通「日本の広告費」）、変わらずに「多額の『広告費』」を維持することによってその役割を果たしてきたからである。仮に日本でバブル経済が起きなければ、あるいはそのバブル経済が崩壊しなければ、メディアはそれほど「原発広告」に依存する必要がなかったかもしれない。しかもチェルノブイリ原発事故が起きた一九八六年以降、たとえば『原発プロパガンダ』でも指摘されているように、日本の電力売り上げの三割を占める東京電力の広告宣伝費を含む「普及開発関係費」は、一九九〇年代にかけて百二十億円から二百四十億円近くに倍増しており（しんぶん赤旗「東京電力普及開発関係費の推移（一九六五〜二〇一二年度）」）、それ以降二〇一一年の震災が起きるまでバブル経済の崩壊ともまったく関係なく、一貫して二百億円を下回ることがなかった。そしてそれは、どれだけ原価がふくらんでも一定の利益が保証される総括原価方式によって、あらかじめ電気料金に上乗せすることで可能になっている広告費であり、いわば景気と無関係に広告費を出せる電力会社だからこそ、その「原発ＰＲの完成形」は実現できたのである。

そうした意味で震災前の日本における原発のイメージは、たしかにプロパガンダまがいの広告によって語られていたことは間違いないが、敗戦後の日本が辿りついたバブル経済の延長線上にあって、初めて強固な「共同幻想」として機能する必然性をもっていたと言うことができる。

だから震災前の日本で語られていた原発のイメージが幻想であったとすれば、それは敗戦後の日本でバブル経済を生み出したものとも結びついているはずであり、その幻想性に問題があるとすれば、それは日本が敗戦して国家としてのあり方が大きく変わった、一九四五年以降の「戦後日本」全体に通じるものである。逆に言えば、震災後も「戦後日本」のあり方がそれほど変わらないと感じられるところでは、原発のイメージは幻想ではなく事実として生き延びる。

2 原子力発電をめぐる事実と幻想

原発労働についての事実

二〇一七年一月現在、震災後すべて停止された原発のうち九州電力の川内原発と四国電力の伊方原発で再稼働が行われており、自民党と公明党が政権を担っている日本政府は、安全性について国の基準を満たした原発を再稼働させていく方針を出している。そこでは「戦後日本」における原発のイメージがそのまま生き延びていると言っていいが、だからこそ原発についての問題を切実に感じる人のなかから、政府が進めようとしていることすべてを批判的に見る人々が出てくる。その傾向は、民主党が政権を担っていた二〇一二年七月に、関西電力の大飯原発を再稼働した野田内閣あたりから見られるが、もちろんそうした見え方になるのは、事実ではなく幻想に基づいて原発についての政策が決定されているとすれば、それ以外の政策も事実に基づいていないかもしれないからである。

では原発事故によってわたしたちに突きつけられた事実は、どのように震災前の日本における原発のイメージを裏切っていたのか。

震災直後にできるかぎり正確な情報を手に入れようとした延長線上で、わたしは原発事故や日本の原発について書かれている本を見つけられるだけ読んだが、まず堀江邦夫の原発労働体験記『原発ジプシー』（一九七九年）や樋口健二のルポルタージュ『闇に消される原発被曝者』（一九八一年）といった本で驚かされたのは、原発で働く人に被曝を強いる労働環境である。

わたし自身が漠然ともっていた「高度な科学技術の粋を凝らして建設され、放射線から遮断されたコントロールルームで電力会社の社員によって安全に運転されている」というイメージを裏切って、原発における労働の大部分は、下請けの協力会社によって担われる原発という施設を維持管理する膨大な単純作業である。そして原発という施設には、放射線を発する物体や放射能で汚染された場所があり、当然それらも維持管理の対象となるので、そこで働くことはそもそも被曝することを前提としている。だから通常作業として、五年間で百ミリシーベルトや一年間で五十ミリシーベルトといった被曝限度が定められているのだが、そのことが意味しているのは、原発は継続して長期的に働くことが困難な職場であり、労働者の技術が蓄積されにくい傾向をもっているということである。そうすると必然的に、被曝限度によって労働者はどんどん入れ替わっていくことになり、どうしても単純作業の労働者は使い捨てのような位置づけに近づいていく。

下請けをする協力会社が、二次以上の孫請けから五次や六次にまでおよび、その都度紹介料が発生して労働者に支払われる給与が元請けから末端でかなり異なるという問題も、原発を維持管理する作業の種類と働く人の被曝限度の組み合わせが、非常に複雑であるために生まれるものだろう。だから逆に、原発で専門的な技術をもつ者による作業が必要となるような場合、その使い捨てのような位置づけと労働者のあり方は鋭い矛盾を示すことになる。

原発被曝者としてはすでに古典的な例に属するが、水道会社の従業員で不断水穿孔という技術をもっていた大阪府の男性が、福井県の敦賀原発で働いて被曝したことで一九七四年に原発を運営する日本原子力発電を訴えたという出来事は、そうした矛盾を示す典型になっていると言える。訴訟にいたる経緯は、樋口健二の『闇に消される原発被曝者』で男性の証言を含めて記録されているが、それが日本初の原発被曝裁判となったことは象徴的である。

わしがですよ、昭和四六年五月二〇日の午後一時から、敦賀原発内で四〇〇ミリのパイプに五〇ミリの穿孔工事の依頼を受けたので、ライトバンに不断水穿孔機械や工具類を積んで、手伝いの大西さんと二人で現地に行ったんです。

工事の発注元である日本ゼネラルエレクトリック社（以下GE社）の事務所に時間通りに到着しました。原電内のGE社事務所で、責任者の小林和夫さんに会い、仕事の件を告げると、「今朝九時過ぎに元請けである大成機工本社の工事課に電話して、今日の工事は中止してもらいたいとお願いしたんだが、あなたに連絡なかったんですか」と言われました。

私は「連絡を受けなかったんで来たんです。出発したのが八時だから連絡が間に合うはずがない」と言うと、

「実は、海中にあるパイプに穴をあけてもらう予定だが、海の中では仕事が出来ないから穴をあける部分を切り離して陸に上げておくつもりだった。ところが、切り離す職人の都合が

つかず陸に上げてないので、本日は中止してほしい。近いうちに陸にパイプを上げてから本社に連絡して日時を決めます。御苦労ですが、今一度お願いします」と小林さんが言うので、その日はしようがないので帰宅しました。[*3]

この証言にあるような作業の行き違いが、そのまま協力会社による下請け労働の複雑さをよく物語っている。しかしそれを場当たり的と言ったり計画不足と言ったりして批判しても、おそらくあまり意味がない。原発では放射能汚染のために、作業場所と作業の種類と必要となる人数が細切れになる性質をもっており、むしろこうした作業のあり方が常態になるのである。そのことは、一九七〇年代末に関西電力の美浜原発と敦賀原発、東京電力の福島第一原発で働いた経験を記録した堀江邦夫の『原発ジプシー』でも確かめられるし、またそれが震災後の廃炉に向けた作業が進められている福島第一原発でも変わっていないということは、そこで働いた経験を描いた竜田一人のマンガ『いちえふ　福島第一原子力発電所労働記（1）―（3）』（二〇一四―一五年）を見てもわかる。

証言によれば、片道四時間かかる敦賀での工事のため、男性が次の約束に合わせて原発に行くと「本当は、原子炉の中のパイプを切り離し、原子炉の外に持ち出し穿孔してもらう予定だったのです。ところが、炉内の品物を外に出す許可がおりないので申訳ないが、炉内に入って工事をしてください」[*4]と言われる。そうして専門の機械類が汚染されるという説明を受け、作業者も汚染されることを心配した男性は断ろうとするが、さらに「現在、原子炉は運転停止中だし、他の人も中に入って仕事をしているのだから、安全で大丈夫だ。それに穿孔してもらわないと関連工事が遅れるし、工期に間に合わなくなってしまうので、今日、是非やってほしい」[*5]と頼まれ、仕方なく原子炉内で作業することになった。こうして行き違いがくり返され、複雑に組み合わされた次の「関連工事」が迫っているために、専門的な技術をもつ男性はあたかも使い捨てのような、被曝を前提とする環境での作業を強いられることになったのである。

そこで被曝したことが、おそらく男性に放射線皮膚炎などの症状をもたらし、それが訴訟の根本的な原因となっている。しかしこれを不運な行き違いが重なった例外的な出来事だと考えては、原発における労働環境の本質は理解できない。なぜなら労働者の技術が蓄積されにくい原発で、細切れになった単純作業と単純作業のあいだに専門的な技術を必要とする作業が出てくるのは当然であり、その作業を原発で働く必要のない専門的な技術をもつ人に依頼するようなことは、いつでも起きうると考えられるからである。

ではそうして男性に被曝を前提とする環境で作業してもらうことで、原発を運営する会社はなにか問題が起きるとは考えなかったのか。もちろんここで原発の労働管理がずさんであり、放射能に対する認識がいい加減だったという言い方もできるのだが、しかし常識的に考えて会社側に悪意があったり問題を起こす意図があったりしたはずがない。たしかに被曝はするかもしれないが「他の人も中に入って仕事をしているのだから、安全で大丈夫だ」[*6]という説明が、そのまま会社側の認識であり、それゆえ男性を原子炉のなかで作業させたのである。

言い換えればそれは、原発で管理されているような通常作業の労働環境では「被曝の影響が出ない」と考えられているということであり、さらに言えば影響が出ても被曝との関係は認めないということである。どうしてそんなことが可能なのかと言えば、おそらくその根拠は、一九九九年に起きた東海村ＪＣＯ臨界事故の作業員のようなすぐに影響が出る高線量被曝ではなく、医療による放射線治療なども含む低線量被曝についての考え方にある。

被曝の影響が無視される理由

そもそも放射線は目に見えず被曝中も自覚がないため、なにか影響が出ても状況証拠以外に因果関係の立証がきわめて困難である。またおなじ線量を浴びたとしても、影響の出る人と出ない人がいる。現在、百ミリシーベルト以下の低線量被曝については、急性障害が出るような短期的な影響はないというのが定説だが、では発がんのリスクのような長期的な影響はどうかと言えば、たとえば震災後でも「国際的な合意では、放射線による発がんのリスクは、一〇〇ミリシーベルト以下の被ばく線量では、他の要因による発がんの影響によって隠れてしまうほど小さいため、放射線による発がんリスクの明らかな増加を証明することは難しいとされる」[*7]といった説明が行われている。これは小さくてもなんらかのリスクがある低線量被曝の影響は無視するということであり、あるいは不確定なリスクよりメリットを優先するという意味である。

原発をめぐる問題の根底にあるこの考え方がなければ、もちろん原子力発電など推進できなかっただろうし、また原子炉のなかで男性を作業させなかっただろう。けれどもしばしば「統計的に有意ではない」と言われる百ミリシーベルト以下の低線量被曝でも、どれほど確率は低くても影響が出ることはあるのであり、ちょうどそれが専門的な技術をもつ者による作業で起きたため問題は大きくなり、結果として訴訟となった。だからわたしたちがその原発被曝者の古典的な例から想定しなくてはならないのは、過去におなじような労働環境で作業して影響が出なかった専門的な技術をもつ者がおり、一方で影響が出たのに問題が認められなかった単純作業の労働者たちがいただろうということである。

その低線量被曝のリスクは無視できるものとし、たとえ影響が出ても認めないという考え方が徹底されていたことがわかるのは、大阪大学付属病院で診断が下された男性の被曝が国会で問題にされてから、国側が一貫して被曝の事実を認めなかったことからである。問題が報道されて示談ができなくなった男性は訴訟に踏み切るが、裁判では原告（男性）の放射線障害が被告（日本原子力発電）の敦賀原発での被曝が原因であったという因果関係の立証と、原告の症状が放射線障害であるという医学的立証が争点になった。医学的立証は常識的に判断してほぼ間違いなく、因果関係の立証も状況証拠が揃っていたにもかかわらず、訴訟は全面棄却となった。一九八一年に刊行された『闇に消される原発被曝者』で記録されているのは大阪地裁による二審までだが、一九九一年には最高裁が上告を棄却して敗訴が確定している。

こうした考え方に根拠をあたえているのは、震災後にも「国際的な合意」という言葉がつかわれていることに通じるが、一九五〇年に「国際X線およびラジウム防護委員会（IXRPC）」から改称された「国際放射線防護委員会（ICRP）」である。しかしそのICRPは、実は第二次世界大戦後の一九四六年に「アメリカX線およびラジウム防護諮問委員会」から名称変更された「全米放射線防護委員会（NCRP）」の意向を強く反映して活動をはじめた組織であり、その意向とは第二次世界大戦中に原子爆弾を開発する「マンハッタン計画」に成功したアメリカ合衆国がソビエト連邦との東西冷戦を優位に進めるために、大戦後も核開発を維持して発展させていけるような原子力産業のあり方を可能にする条件を定めることだった。だからその構成メンバーから見れば、NCRPは戦争中に原爆開発を行った「マンハッタン工兵管区」が戦後に民営化された後身「アメリカ原子力委員会」の下部組織のような位置づけであり、いわば日本に原爆が投下されて終結した第二次世界大戦以降の世界で、先に核開発を行うという目的があって存在している面がある。問題はそこで定められた放射線防護についての考え方が、そのままICRPの国際的な基準に引き継がれていることである。

アメリカ合衆国大統領アイゼンハワーが「平和のための原子力」を宣言し、一九五四年から原子力の商用利用ができるようになったあとで、いかにその問題が原子力発電所での労働環境に影響しているかを放射線被曝についての考え方の歴史を辿って明らかにした、震災前の一九九一年に刊行された先駆的な著作『放射線被曝の歴史』で、中川保雄は次のように書いている。

ICRPが一九五八年勧告で掲げた放射線防護の基本的考えは、「リスク－ベネフィット論」であった。原子力開発等によって新たにつけ加えられる放射線被曝のリスクは「原子力の実際上の応用を拡大することから生じると思われる利益を考えると、容認され正当化されてよい」と、ICRPは全面的にリスク容認の考えを導入した。これこそ、かつてICRPが反対したアメリカの原子力委員会とNCRPのリスク－ベネフィットの考えに他ならなかった。かつてと異なっていたのは、アメリカのみならず先進工業国がこぞって原子力開発へと動き出した点であった。一九五六年からは日本の中泉正徳やイタリアの代表が新たにICRPの委員に加わっていた。それら原子力志向の国々の総意として、ICRP勧告にリスク論が導入されたのである。

その哲学の下に、許容線量の体系が導入された。許容線量とは、「個人および集団全般に許容不能ではないような危険を伴う」線量と定義された。その年間の値は端的に表現すれば、労働者は五レム（五〇ミリシーベルト）、公衆は〇・五レム（五ミリシーベルト）であったが、それらの被曝の制限は、もはや「身体的障害を防止する」ものではなかった。同時にその哲学にもとづいて、放射線被曝の一般的原則が改められた。一九五〇年勧告では「可能な最低レベルまで（to the lowest possible level）」とされていたのが、一九五八年勧告では「実行可能な限り低く（as low as practicable: ALAP）」と緩められた。[*8]

ここで中川が指摘しているのは、核開発を可能にするレベルで定められた放射線防護の基準を国際的な基準として適用するために、核施設や原子力発電所といった被曝を前提とする施設で働く労働者が遺伝的な問題を抱えたりがんや白血病を発症したりする危険性（リスク）と、広義には社会全体で狭義には原子力産業が核施設や原発から受けとる利益（ベネフィット）という、本来交換できないものがあたかも交換できるかのように語られることで、低線量被曝が正当化されていくメカニズムである。そしてそのメカニズムは、中川によればビキニ環礁で水爆実験が行われて以降、一九五〇年代末から一九六〇年代前半にかけて盛り上がった核実験反対運動、また多数稼働しはじめた原発における低線量被曝の危険性を指摘する声を受けて一九七〇年代に高まった反原発運動を背景に、やがて被曝によって失われる人命に値段をつけて危険性（リスク）を費用（コスト）に置き換え、それを上回る利益（ベネフィット）が引き出せるレベルで放射線防護を行うべきであるという「コストーベネフィット」論を生み出すにいたる。それにしたがってICRPによる一九七七年勧告では、放射線被曝の一般的原則は「合理的に達成できる限り低く（as low as reasonably achievable: ALARA）」と改められ、核施設や原発から「合理的」に利益が得られる範囲でしか放射線防護を行わないという考え方が確立された。

堀江邦夫の『原発ジプシー』や樋口健二の『闇に消される原発被曝者』は、こうした考え方が確立されてからの原発における労働者のあり方を記録しているが、だからこそ低線量被曝のリスクは無視されるし、仮になんらかの影響が出た労働者がいても被曝との因果関係を認めないことは「合理的」なのである。

　しかし敗戦後の日本における「共同幻想」としての原発について考察しているわたしたちにとって、そうした第二次世界大戦後の冷戦時代に確立されたアメリカ合衆国の核戦略や、それ以降現在まで変わらないＩＣＲＰといった組織による放射線被曝についての非人道的な「国際的な合意」を批判することは、それほど重要ではない。これまでも放射線による遺伝的影響はどんな低線量でも存在し、それ以下なら安全であるという「しきい値」は想定できないという遺伝学者による再三にわたる指摘があったし、また放射線被曝によってがんや白血病を発症する危険性が原発を推進する前提となったものより、かなり高く評価する必要があることを示す疫学的な調査がいくつも出されてきたりしてきた。それにもかかわらず、どうして「戦後日本」では原発を推進するという考え方を根本的に変えずに済んできたのか、それを可能にした原発のイメージとはどんなものだったのかを明らかにすることが重要である。

経済的合理性のある被曝労働

　さしあたりここで取り出せるのは、ＩＣＲＰによる一九七七年勧告で「合理的」とされる経済的な利益であり、カール・マルクスの『資本論』における言葉遣いを借りれば、核施設や原子力発電所によって「剰余価値」[*9]が出るということである。しかしそこでは低線量被曝のリスクが無視され、影響が出ても被曝との因果関係を認めないことによって労働環境が成立しているという意味で、マルクスが分析した一九世紀ごろの資本主義のあり方とは異なる条件が付け加わっていると言える。

実際、敗戦後の日本で被曝した労働者の労災が認定されているのは、東海村ＪＣＯ臨界事故による急性放射線症を別にして、二〇一五年三月の時点で急性白血病や悪性リンパ腫などでわずか十数件である（原子力資料情報室「原発被曝労働者の労災認定状況（二〇一五年三月二七日現在）」）。これは震災後になって、放射線管理手帳の発行数が五十万近くに達していることを考えるとき、原発から生じた放射性物質によって被曝してもほぼその影響は認められないということである。もちろん人間の身体は、自然放射線による低線量の被曝から回復する力をもっているが、それに加えられる人工的な放射能による低線量被曝のリスクを無視するということは、その人体がもつ力を無限であるかのように見なすということであり、つまりそこで被曝から回復する力をもつ労働者の身体は、資本主義を成立させている空気や水とおなじ無限の「自然」として存在していると言える。

若きマルクスが『資本論』に取りかかる以前の一八四〇年代に書いたとされる、一九三二年に公開された『経済学・哲学草稿』のなかに、労働者と自然の関係について書かれた次のような記述がある。

> 労働者は、自然がなければ、感性的な外界がなければ、なにものをも創造することができない。自然すなわち感性的な外界は、労働者の労働がそこにおいて実現され、そのなかで活動し、それをもとにしそれを介して生産する素材である。

しかし、労働の働きかける諸対象がなければ、労働は活動することができないという意味で、自然は労働に生活手段を提供するが、同様にまた他方では、自然は狭い意味での生活手段を、すなわち労働者自身の肉体的生存の手段をも提供する。

したがって労働者は、彼の労働を通じて、より多くの外界を、感性的自然を獲得すればするほど、二重の側面で生活手段をますます奪いさられていく。すなわち第一に、感性的外界はますます多く彼の労働に属する対象であることを、彼の労働の生活手段であることをやめるし、第二に、感性的外界はますます多く直接的な意味での生活手段、労働者の肉体的生存のための手段であることをやめるのである。

したがって労働者は、これらの二重の側面に応じて彼の対象の奴隷となる。第一に、彼が労働の対象を、すなわち労働を「対象から」受けとるということにおいて、そして第二に、彼が生存手段を「対象から」受けとるということにおいて、対象の奴隷となる。*10

これは資本主義社会における労働者が、労働することによって自らがその一部であり、また労働の対象でもあった自然から切り離されていく、いわゆる「疎外された労働」を強いられる仕組みを記述しようとした箇所である。この労働の主体である人間が、対象である自然の奴隷であるかのように現われる「疎外された労働」は、のちの『資本論』では自然を労働の対象として生産された商品とその商品がもつ価値を生み出した労働力が商品として切り離されていることが、資本主義社会で利潤が生まれることを可能にしているという「剰余価値」論へと引き継がれるが、いずれにしても労働者にとって自らのものであった自然が自らのものではなくなるという過程で経済的な利益が生み出されるという仕組みこそ、マルクスによる資本主義分析の核心部分である。

だとすれば二〇世紀後半以降の核施設や原子力発電所における労働者にとって、「彼の労働を通じて、より多くの外界を、感性的自然を獲得すればするほど」奪い去られていく生活手段は三重である。なぜならそこではマルクスが指摘したものに加えて、労働すればするほど被曝から回復する力をもつ身体という「自然」が労働者から奪われていくからであり、仮に被曝限度や被曝による影響でその「自然」が損なわれたときには、それは彼がもはや労働できないということを意味する。けれどもその身体という「自然」が無限であるかのようにそれを差し出すことなしには、労働者は低線量被曝を前提とする核施設や原子力発電所で働くことはできないのであり、だから彼は三重の側面で「対象の奴隷」である。

そうした空気や水に加えて、人間が低線量被曝から回復する力が無限であるかのように成立している原子力発電所の資本主義が、どれほどの経済的な利益を引き出すことができるのかということは、バブル経済が崩壊した一九九〇年代の日本で出現した「原発PRの完成形」がよく物語っている。いわばそれはメディアにおける広告費の減少を補い、高度経済成長からバブル経済の延長線上にある経済的繁栄が、バブル崩壊後もメディア上ではつづいているかのような状態を生み出すことができるほどのものであり、その意味で震災前まで含む「戦後日本」で一貫して推進を可能にしてきた原発のイメージの一つは、物質的な豊かさをもたらす経済的「合理」性である。

一九四五年以降の「戦後日本」で、その経済的「合理」性が強い説得力をもちつづけてきた理由はいくつかあるだろうが、なにより象徴的なのはアメリカ合衆国に敗戦したことである。なぜなら物量では劣るかもしれないが、精神性において勝っているという論理で突入した戦争で敗北した日本にとって、一九四五年の敗戦は物質的な豊かさが勝利したという事実を示すものであり、またそのアメリカに占領されて再近代化を目指してはじまった「戦後日本」は、アメリカのような豊かさを手に入れるべき理想として出発した側面があったからである。すなわちそれは原発を推進することになる「戦後日本」自体をささえている「共同幻想」だが、皮肉なことに『共同幻想論』の著者である吉本隆明自身がそのような考え方の典型を示している。

一九八一年に井上ひさし、小田切秀雄、小田実、埴谷雄高ら三十六名の文学者の連名で「核戦争の危機を訴える文学者の声明」が発表され、中野孝次を連絡先として「署名についてのお願い」が文学者たちに送付された。そしてその翌年にかけて、三百名近くの署名をあつめたという出来事をきっかけとして、吉本はその「反核」運動を苛烈に批判する文章を次々と書き、一九八三年に『「反核」異論』という著作にまとめている。

もちろんその批判は、中野孝次らの「反核」運動がアメリカ合衆国の「核」戦略のみを批判してソビエト連邦を批判しないという党派的なものであり、また「核」戦争による人類の死滅という肯定しようのないSF的なイメージを出して署名を迫るという意味で、戦争中の日本における「大東亜共栄圏」に通じる理念の強制力を感じさせたところに、吉本にとって強い必然性があるものだった。そうして書かれた文章の一つで、一九七九年に起きたスリーマイル島原子力発電所事故も背景にして盛り上がっていた、一九八〇年前後の「反核」という理念における「核」戦争の問題と原発のような「核」エネルギーの問題を区別して、吉本は次のような言い方をしている。

「核」兵器や「核」戦争の問題は、どんな巨大な破壊力と放射能汚染をともなおうと〈政治の延長あるいはヴァリエーションとして〉の「戦争」の問題であり、その巨大な生産費と生産量の問題は、〈経済社会〉の生産機構の問題である。これにたいして〈恐怖〉の心情や〈宗教〉的な終末観をじかに対置させることも、〈地球〉の〈破滅〉という、神経症的な予測やイメージを対置させることもまったく見当外れなのだ。また「核」戦争の当事国家の一方を非難し、一方をそっと不問に付するのは根柢的な倒錯であり、どんな政治的理念に立っても許されないのだ。またこれを「核」エネルギイの平和利用や、それにたいする危険防止対策の問題と混同するのも、まったく無意味である。[*11]

つまり「反核」運動が成立するとすれば、それは「核」戦争の問題に対するものだけだということであり、そこからは「核」エネルギーの問題が注意深く切り離されている。というのは「核」エネルギーによる原子力発電は科学的な進歩であり、それ自体は否定できないものだと吉本隆明が考えているからである。たとえば震災後でも、吉本は「週刊新潮」（二〇一二年一月五・一二日号）のインタビューで「文明の発達というのは常に危険との共存だったということも忘れてはなりません。科学技術というのは失敗してもまた挑戦する、そして改善していく、その繰り返しです。危険が現われる度に防御策を講じるというイタチごっこです。その中で、辛うじて上手く使うことができるまで作り上げたものが『原子力』だと言えます[*12]」と発言しているが、そうして一九八〇年代から一貫して原発を肯定しているのは、それが科学技術として社会に利益をもたらすというイメージをもっていたからにほかならない。

3 「戦後日本」を象徴する原子力発電所

原発推進を可能にした「戦後日本」

この時期の吉本隆明は、マルクス主義的な考え方では資本主義から共産主義に移行しなければならない理由の一つであった労働者の賃金の問題を、アメリカ合衆国をはじめ日本を含めて当時高度化しつつあった資本主義社会が解決してしまったという観点から、日本ではバブル経済に向かっていく消費段階に入った資本主義を肯定的にとらえようとしていた。そこに「反核」運動の発起人にも名前が入っていた、第一次戦後派の文学者である埴谷雄高と一九八五年に論争となる必然性があった。

きっかけは、前年に埴谷雄高が大岡昇平と刊行した対談集『二つの同時代史』で、吉本について事実に反するような発言があり、その訂正をめぐって手紙のやりとりがあったあと、埴谷が文芸雑誌「海燕」（一九八五年二月号）に「政治と文学と　吉本隆明への手紙」を発表したことである。そこから、吉本が「政治なんてものはない　埴谷雄高への返信」（「海燕」三月号）を書き、それに対して女性ファッション誌「アンアン」（一九八四年九月二一日号）の記事に「コム・デ・ギャルソン」の衣服を着た吉本が登場したことに触れて、埴谷が「政治と文学と・補足　吉本隆明への最後の手紙」（「海燕」四月号）で「『ぶったくり商品』のCM画像」になっているという「苦言」を呈した。

これらの手紙の形式にしたがった応酬は、のちに「コム・デ・ギャルソン論争」と呼ばれるが、そこには「反原発」を批判した吉本隆明の発想の裏側にあったものがよく現われている。いわばそれは「戦後日本」が辿りついた物質的な豊かさの肯定であり、それを可能にした経済的「合理」性を受け入れるという態度である。

その論争のなかにある文章の一つで、吉本はこう書いている。

《埴谷雄高さん。

「アンアン」という雑誌は、先進資本主義国である日本の中学や高校出のＯＬ（貴方に判りやすい用語を使えば、中級または下級の女子賃労働者です）を読者対象として、その消費生活のファッション便覧《マニュアル》の役割をもつ愉しい雑誌です。総じて消費生活用の雑誌は生産の観点と逆に読まれなくてはなりませんが、この雑誌の読み方は、貴方の侮蔑をこめた反感とは逆さまでなければなりません。先進資本主義国日本の中級ないし下級の女子賃労働者は、こんなファッション便覧に眼くばりするような消費生活をもてるほど、豊かになったのか、というように読まれるべきです。デザイン関係専門のジャーナリストから聞いた話では、日本のOLたちはシャネルの五十万円以上もするオーソドックスな衣服を一着はもっていたいというのが、一般的な念願なのだそうです。貴方が無意識のうちに「アサヒグラフ」は高級で「アンアン」は低級だと思っておられるのでしたら、それは貴方が否定しているはずの、いわれなき大衆侮蔑から、貴方が脱しきれていないことを意味していると存じます。私は貴方と逆に「アンアン」に写真姿で登場することがあっても、制度が高級で程よく上品だと評価する「アサヒグラフ」に登場することは絶対にあり得ないと断言することができます。[*13]

かつて思想家としてのマルクスに大きく影響を受け、一九六〇年代以降はマルクス主義的な思想家と見なされてきた吉本隆明が、一九八〇年代以降に高度化した資本主義を肯定する言動をするようになったことは、しばしば思想的な「転向」と受けとられてきた。しかし物質的な豊かさを肯定することと、原子力発電を否定しないことが経済的「合理」性という考え方で結びつくことを考えるとき、むしろ吉本は敗戦後の日本における「共同幻想」に忠実だったと言うことができる。そのような意味でわたしたちは、吉本の主張のなかに「戦後日本」の典型的な原発のイメージを見ている。

わたしたちは吉本が『共同幻想論』で展開した「共同幻想」という概念を借りて、震災後の日本で起きた「戦後日本」からの変化について考察しているが、その「共同幻想」という考え方を提案した吉本自身が「戦後日本」という時代の「共同幻想」から自由ではなかったということが興味深いところであり、また原発の問題に見られるように震災後になっても「戦後日本」のあり方がそのまま継続してしまう理由である。だとすればわたしたちは、そうして「戦後日本」的なものが終わらずに生き延びていく理由を、できるだけ正確に把握する必要があるだろう。

たとえば原発事故によって突きつけられた事実で、わたしにとってもっとも衝撃的だったのは、原子力発電がけっして「科学技術の粋を凝らした高度な発電」ではないということである。事故のあった福島第一原発で水素爆発があったこともあり、爆発前後からその発電の仕組みが徹底的に報道されることになったが、そのとき発電における原子力は水を温めるためのもので、基本的な原理は火力発電と変わらないということを知った。日本では原発が海沿いに立地しているのも、稼働している原子炉で膨大に発生しつづけている熱を海水で常に冷やしている必要があるからだが、言い換えればそれは、原子力発電が後戻りのきかない科学の進歩によってもたらされたもので、また水力発電や火力発電より完全な意味で「合理的」なものだとは言い切れないということである。

もちろんそうした事実は、震災前にもくり返し指摘されていた。実際「原子力資料情報室」を設立した高木仁三郎は、亡くなる直前の二〇〇〇年に刊行した『原子力神話からの解放』で、原子力発電について次のように書いている。

原子力というと非常に先端的で新しい発電形態のように思われるかもしれませんが、発電の経過を見ていくと、じつは、最終的には火力発電と同じようにタービンを回して、そこで発電機を回して電気をつくるという、きわめて古典的な発電の形態に頼らざるをえないことがわかります。このようにまわり道が多くなるため、エネルギーの転換効率は、むしろ火力発電なんかよりも落ちてしまいます。うまくいったところで最初に核分裂でウランが燃えて出てきたうちの三〇〜三四パーセントくらい、つまり三分の一くらいが電力として使われるだけで、あとの三分の二は電力にはなりません。それらは温排水として環境中に捨てられますから、これがまた新たに環境問題を生むことにもつながります。要するに、原発とは決してエネルギーを有効利用しているシステムではないという基本的な問題があるのです。[*14]

その『原子力神話からの解放』では、震災前である当時の原発のイメージを形づくっていた九つの「神話」が取りあげられているが、そこには震災にともなう原発事故で虚偽であることが証明された「原子力は安全」「原発は地域振興に寄与する」「原子力はクリーンなエネルギー」「日本の原子力技術は優秀」といったもの、また震災後の現在も生き延びている「原子力は無限のエネルギー源」「原子力は石油危機を克服する」「原子力の平和利用」「原子力は安い電力を提供する」「核燃料はリサイクルできる」といったものが含まれる。それらのイメージがいかに事実と異なるかを説明して「戦後日本」における原発のイメージを覆していく、いわば出発点となるのがその「古典的な発電の形態」であり「決してエネルギーを有効利用しているシステムではない」という指摘である。

おなじく原子力発電についての、高度で未来的なエネルギー源であるというイメージを覆す事実をより強い言い方で指摘しているのは、京都大学原子炉実験所に所属しながら原子力に反対している研究者として知られていた、小出裕章である。

今日一〇〇万キロワットと呼ばれる原子力発電所が標準的になりましたが、その原子炉の中では三〇〇万キロワット分の熱が出ています。その三〇〇万キロワット分の熱のうちの一〇〇万キロワットを電気にしているだけであって、残りの二〇〇万キロワットは海に捨てています。

私が原子力について勉強を始めたころ、当時、東大の助教授をしていた水戸巌さんが私に『原子力発電所』と言う呼び方は正しくない。あれは正しく言うなら『海温め装置』だ」と教えてくれました。三〇〇万キロワットのエネルギーを出して二〇〇万キロワットは海を暖めている、残りのわずか三分の一を電気にしているだけなのですから、メインの仕事は海温めです。そういうものを発電所と呼ぶこと自体が間違いです。*15

これは震災前の二〇一一年一月に刊行された、副題に「原子力の専門家が原発に反対するわけ」とある著作『隠される原子力・核の真実』にある一節である。正直に言えば、わたしは震災後になってからこの一節を読んで、震災前までなんとなく抱いていた原発のイメージをまったく変えられてしまった。なぜなら客観的な事実として、生み出しているエネルギーの三分の一しか電力に変換することができず、残りの三分の二は海に排出しているという施設は、たしかに「海温め装置」としか呼ぶことができないからである。

これでは二一世紀に入って言われるようになった、二酸化炭素の排出を減らすために原子力発電を推進して温暖化などから地球環境を守るという説明も成立しないし、吉本隆明が強調するような、原子力発電は「文明の進歩」を意味する高度で未来的なエネルギー源であるという見方にも合致しない。にもかかわらず、原発事故が起きるまでその事実が事実として見えにくかったということが、そこに「共同幻想」として機能していた原発のイメージがあったことを物語っている。

そしてそれは「戦後日本」で一貫して原発を推進することを可能にしてきた経済的「合理」性と対になるものだが、ちょうど高木仁三郎が指摘している「神話」の言い方を借りれば「原子力は無限のエネルギー源」で、技術さえ確立すれば「核燃料はリサイクルできる」、天然資源の乏しい日本の未来に必要な科学技術の結晶だというイメージにほかならない。

「戦後日本」の起原にある「核」のイメージ

そもそも原子力発電が「古典的な発電の形態」であり「海温め装置」であるという指摘をしている、一九三八年生まれの高木仁三郎や一九四九年生まれの小出裕章自身が、原子力に日本の未来があることを信じて専門家になったという経歴の持ち主である。いわば彼らは「戦後日本」における原発のイメージにしたがって科学者となり、研究を進めるに連れてそのイメージと原発についての事実が乖離していることに気づいて問題視し、やがて反原発や脱原発の立場に転じている。

逆説的に言えば、専門家にならなくては原発のイメージと科学的な事実が異なることに気づきにくかったということであり、それだけ原発のイメージをささえる「共同幻想」が強固だったということを意味している。ここでわたしたちは、震災前まで原発にあたえられてきた高度な科学技術であるというイメージを「戦後日本」で機能している「共同幻想」の一つと見なすことができる。なぜならそのイメージがあったからこそ、敗戦直前の一九四五年八月に広島と長崎に原子爆弾を落とされた被爆国でありながら、一九五四年から研究開発予算がつけられて被曝を前提とした労働を必要とする原子力発電を取り入れ、それ以降ずっと事故が起きるまで原発が推進されてきたと考えられるからである。

そして注意しなければならないのは、日本がバブル経済に向かって日米貿易から膨大な黒字を引き出していた一九八〇年代に、吉本隆明が「核」兵器の問題と「核」エネルギーの問題を区別しようとしていた理解とは異なって、アメリカ合衆国側の情報公開などを利用して震災後になって次々と成果が発表されている日本の戦後研究では、いわゆる「平和のための原子力」である「核」エネルギーの起源にはアメリカ合衆国の「核」兵器があることが明らかになっているということである。だとすれば原発のイメージの問題は、日本に落とされた原爆と結びつけて論じられなくてはならないが、たとえば中川保雄の『放射線被曝の歴史』の問題意識を引き継いでいる木村朗は、二〇一六年に刊行した『核の戦後史』で、アメリカ合衆国の都合によって「核」兵器と「核」エネルギーが結びつけられる理由を、次のように説明している。

日本で「ヒバクシャ」と言えば、一般に広島、長崎の被爆者を指しますが、広島、長崎以前にもヒバクシャ（「被爆者」と「被曝者」の両者を示す核被害者）はたくさんいました。アメリカのウラン鉱山の労働者（その多くは先住民）はもちろん、戦後の核実験に携わった作業員や兵士、核実験場の付近の一般市民もヒバクシャです。原発作業員や、原発事故によってまき散らされた放射性物質を空気、食料を通じて取り込んでしまった人々もまたヒバクシャです。これら世界各地のすべてのヒバクシャ（核被害者）を指して、「グローバルヒバクシャ」と呼びます。世界中に膨大な数のグローバルヒバクシャがいることを考えれば、その補償訴訟もまた大規模なものになるわけです。

もし放射能による障害が広く認められるようになれば、原爆（核兵器）を保有することはできなくなるでしょう。毒ガスと同じく原爆も非人道的兵器であることが明らかになってしまうからです（現在、多国間条約によって生物兵器と化学兵器の開発、生産、貯蔵、使用が禁止されています）。しかし、アメリカは戦後も原爆を保有したかった。だから、原爆が「汚い兵器」だという評価を認めませんでした。原爆投下前は、放射性物質を毒物とほぼ同一視していたにもかかわらず、です。*16

つまり第二次世界大戦終了時点で、唯一の「核」兵器保有国であったアメリカが「核」兵器を使用できる状態にしておくためには、原爆による被爆の影響を小さく評価する必要があったということであり、その評価はそのまま核施設や原子力発電所における被曝の影響に対する評価に結びついている。だから急性障害以外の放射線による人体への影響を認めないということは、日本が降伏した直後の一九四五年九月にマンハッタン計画の副責任者であったトーマス・ファーレルが「広島・長崎では、死ぬべきものは死んでしまい、九月上旬現在において、原爆放射能のために苦しんでいるものは皆無だ」という声明を出したように、実は原爆による広島や長崎の被爆者からはじまっている。いわば低線量被曝による影響が無視されるのは、一九四五年の原爆投下後から二〇一一年の原発事故後まで、一貫した現象なのである。

ではそうして「核」兵器に対する恐怖と「核」エネルギーに対する不安が結びつけられるとして、敗戦後の日本において原爆投下から原発推進へと辿りついた「核」のイメージとはどんなものか。加藤典洋は一九八五年に刊行した評論集『アメリカの影』で、同時代の文学作品について論じる文芸評論の枠組みからはじめて、一九四五年以降の「戦後日本」における文学作品のあり方を規定している「アメリカ」の存在に注目し、終章となる「戦後再見――天皇・原爆・無条件降伏」では「戦後日本」の起源にあるものについて考察している。

一九七八年に本多秋五と江藤淳のあいだで起きた「無条件降伏」論争を視野に入れながら、加藤はそもそもある国が別の国に「無条件降伏」を迫るとはどういうことなのかについて考える。そしてそれは結局のところ、アメリカ合衆国が日本に原爆を落とす前後の状況を証言などから可能なかぎり丁寧に辿り、戦争中の「大日本帝国」から敗戦後の「戦後日本」へという変化を起こしたものを明らかにすることを意味している。

加藤によれば、その境界に位置する「無条件降伏」という方針に根拠をあたえたのは、おそらく原子爆弾という圧倒的な破壊力をもつ新しい兵器であり、その方針がもつ意味はアメリカ大統領ルーズベルトとイギリス首相チャーチルによって共有されていた。しかしルーズベルトが第二次世界対戦終了直前に亡くなってしまったため、日本に「無条件降伏」を受け入れさせるための外交的カードとして「天皇」と「原子爆弾」を想定していた陸軍長官スチムソンと、それほど「天皇」を重視せずに「ソ連参戦」と「原子爆弾」を想定していた国務長官バーンズとのあいだで、その意味をあまりよく理解していないまま方針を引き継いだアメリカ大統領トルーマンは、原子核爆発の実験が成功した七月一六日以降に「原子爆弾」の使用を決意する。

そのときに起きたのは、ルーズベルトやスチムソンが強く意識していたことが記録に残っている戦争中の日本にとっての天皇の「威光」と、来たるべき敗戦後の日本にとっての原子爆弾の「威力」が引き換えにされるという出来事であり、だからそれまでポツダム宣言に書き込まれていた「天皇」制存続についての条項は消去されたのではないか、そう加藤典洋は推測する。

即ち、「原子爆弾」が現実のものとなった時、ほかの二つのカードはトルーマンの眼に取るに足らないものとみえた。トルーマンとバーンズの無意識の秤のふたつの受皿に、日本を降伏に追い込むカードとして原子爆弾という未知のおそるべき「威力」と、やはり未知の天皇という存在のおそるべき「威光」が置かれ、つりあい、等価交換されるという瞬間が存在したのは、この時であり、スチムソンのように天皇の「威光」と原子爆弾の「威力」の併用ということを考えなかった二人の考慮の中で、七月十六日の夜、「天皇」というカードは急速に魅力に乏しいものとなっていったのである。

しかしそのような判断とかかわりなく、やはり原子爆弾の「威力」と天皇の「威光」は多くの人間の無意識の秤をつりあわせたように見える。原子爆弾実験成功の知らせを聞いた時、「私が瞬間に思い浮かべたのは」、とチャーチルは語っている。「私がつねにその勇気を感嘆してきた日本人が、このほとんど超自然な兵器の出現のなかに彼らの名誉を救う口実を見出し、最後の一人まで戦って戦死するという義務から免れるだろうということだった」。(『第二次大戦回顧録』)

そして起こったことはこのチャーチルの予見を裏切っていない。天皇の威光から原子爆弾の威力へ。こうした等価交換のうちに「心変わり」を果たしたのは、トルーマン、バーンズだけでない、日本人のほとんど全部だったことを、この後のぼく達の歴史は示しているからである。[*17]

ここで語られていることは、事実かどうかを実際には確かめることができない内容である。しかし天皇の「威光」と原子爆弾の「威力」が引き換えにされたという指摘は、日本が「無条件降伏」を経由して「大日本帝国」から「戦後日本」へと変化した理由を、心理的な「心変わり」という側面からうまく説明しているように思われる。なぜなら日本から見れば、天皇制を維持できないかもしれないという理由で戦争を継続することは、その守るべき「威光」をもつ天皇制を含めて、日本そのものがさらに落とされる原子爆弾の「威力」によって消滅してしまうことを意味するからである。いわば日本は「天皇」にひれ伏す国から「原子爆弾」にひれ伏した国になったのであり、その結果として敗戦後の日本で「天皇」は人間となり、そうして民主主義を掲げるようになった「戦後日本」は、ちょうど「原子爆弾」が象徴する科学と合理性を信奉する国となった。

原子力発電所が象徴してきたもの

だとすれば、日本に落とされた「核」は戦前の日本における「天皇」とおなじく、敗戦後の日本では畏れ多いと同時に親しいものであり、また広島と長崎に途方もない破壊をあたえたがゆえに、その力を手に入れたいと願わずにはいられないものになったのではないか。あるいはその「核」のイメージは、受け入れがたいほど怖ろしい記憶なのでその場面をくり返し再現してしまうという、精神分析学的な「外傷《トラウマ》」や「反復強迫」といった概念でも説明できるかもしれないが、いずれにしてもそうした「核」のイメージにささえられた「無条件降伏」を経由して、戦争中の「大日本帝国」における「共同幻想」と敗戦後の「戦後日本」における「共同幻想」が入れ替わったことは間違いない。

吉本隆明は『共同幻想論』の第十章「規範論」で、宗教から法が生まれる段階にある共同体について論じて、ある社会集団において「共同幻想」が入れ替わるという経験について、第二章で引用した箇所で「〈共同幻想〉としての〈法〉的な規範は、ただ前段階にある〈共同幻想〉を、個々の家族的あるいは家族集団的な〈掟〉、〈伝習〉、〈習俗〉、〈家内信仰〉的なものに蹴落とし、封じこめることで、はじめて農耕法的な〈共同規範〉を生みだした」「だから〈共同幻想〉の移行は一般的にたんに〈移行〉ではなくて、同時に〈飛躍〉をともなう〈共同幻想〉それ自体の疎外を意味する」[*18]と書いていた。そこで指摘されていたのは、ある社会集団で「共同幻想」が別のものに入れ替わるという事態は、その「共同幻想」の内容が上書きされるといった出来事ではなく、ある社会集団がなにかをきっかけとして別の「共同幻想」に「飛躍」すると同時に、あらかじめあった「共同幻想」が卑小なものとして封じ込められる経験をともなうということである。

こうした記述を行いながら、吉本が戦争中には若き天皇主義者として「徹底的に戦争を継続すべきだという激しい考えを抱いていた」「戦争に敗けたら、アジアの植民地は解放されないという天皇制ファシズムのスローガンを、わたしなりに信じていた」[*19]にもかかわらず、敗戦後になってそれらの「天皇」にまつわるイメージを手放さなければならなかった、自分自身の経験を思い出していたかどうかはわからない。しかし「無条件降伏」以降、日本では天皇が人間宣言をすることによって論理的な裏づけをあたえられて生まれた「民主主義」は、戦前の日本における主権者としての「天皇」を非常識なものとして「疎外」するし、また「核」によって合理性や科学性の「威力」が証明されたあとの「戦後日本」では、戦争中に「天皇」の「威光」によってささえられていた「大日本帝国」は非合理的で非科学的な共同体に見えざるをえない。逆に言えば、そう見えることが合理性や科学性が「共同幻想」として機能していることを証明しているのである。

こうして「天皇」の「威光」を消滅させた「核」の「威力」が象徴する、高度な科学技術を手に入れなくてはならないという「共同幻想」が「無条件降伏」以降に生まれたとすれば、その高度な科学技術であるというイメージが原発にあたえられてきたことには、強い必然性があったと言える。なぜならそこでは原発を推進することが高度な科学技術を手に入れることであり、また戦前の日本における「天皇」の「威光」に等しい「核」の「威力」を自らのものとしつづけている状態であることを意味するからである。

そしてその高度な科学技術であるというイメージは、けっして一九九〇年代に完成形に辿りついた「原発広告」によってだけ語られてきたわけではない。社会集団の無意識に属する「共同幻想」は、多くの人に受け入れられることを目指して作成される、映画やマンガのような表現によく表われていると考えられるが、たとえば一九五二年に連載がはじまった、手塚治虫のマンガ『鉄腕アトム』は「原子《アトム》」と名づけられた人間的な感情をもつロボットが主人公で、その「アトム」は十万馬力の原子力をエネルギー源としている。妹のロボットは「ウラン」という名前であり、同型の「コバルト」というロボットも登場するが、二一世紀の未来を舞台に人間の欲望によって引き起こされる問題を、人間になりたいという欲望を抱えている「アトム」が解決していくという陰影に満ちた作品である。人気を博したアニメーション版はかなり印象が異なるが、基本的に「核」にまつわるイメージが肯定的に描かれていることは間違いない。

それ以外にも、一九六九年から連載がはじまった藤子・F・不二雄の国民的な人気を誇るマンガ『ドラえもん』に登場する、二二世紀の未来からやってきたというネコ型のロボット「ドラえもん」は、原子炉を動力としているという設定をあたえられているし、また一九七九年から放映がはじまった富野由悠季のアニメーション「機動戦士ガンダム」シリーズでは、核分裂炉や核融合炉が実用的なものとして登場する。総じて近未来を舞台にしたマンガやアニメーションでは、高度な科学技術のわかりやすい例として「核」のイメージが引用されてきたと言うことができる。

もちろん「戦後日本」における「核」のイメージが、それらのマンガやアニメーションで高度な科学技術として語られながら、もう一方では原子爆弾が落とされた記憶に結びついた恐怖に満ちたものでもあったということは、一九五四年に第一作が公開された東宝の映画「ゴジラ」シリーズによく示されている。なぜならそのシリーズに登場する怪獣「ゴジラ」は、ちょうどビキニ環礁で第五福竜丸が被曝したという事件を背景にして、核実験によって生み出されたという設定をあたえられた存在だったからである。けれども誤解を怖れずに言えば、そうした希望と不安という両面の葛藤を生じさせるものであることが、おそらく「無条件降伏」を経由した「戦後日本」における「核」のイメージの特徴であり、「核」兵器として怖ろしいものであればあるほど「核」エネルギーとして自らの親しいものとしなければならない、という心的機制によって、原発は高度な科学技術だというイメージにリアリティをあたえられてきたのである。

こうして震災前まで原発推進を可能にしてきた、経済的「合理」性と高度な科学技術という原発のイメージは、一九四五年以降の「戦後日本」を根源的に突き動かしてきた「共同幻想」と深く結びついている。その意味で、日本が物質的豊かさと「核」の威力を手に入れていることを示す原子力発電所は、非常にわかりやすく「戦後日本」を象徴する施設であったと言える。そして二〇一一年に起きた東日本大震災にともなう原発事故によって明らかになったのは、そのイメージがまったく事実に反するものだということであり、だからこそそれは「戦後日本」の終わりを示している。

もちろん「戦後日本」が依拠してきた経済的「合理」性と高度な科学技術は、それ自体が間違っているわけではない。しかし事実に反しているものについて、経済的「合理」性と高度な科学技術というイメージがあたえられることがあってはならないし、したがって震災後の原発については、低線量被曝の影響を無視するという思想によって成立している施設であり、また「古典的な発電の形態」による「海温め装置」であるという「事実」から考えなくてはならないだろう。

ではどうしたら「戦後日本」から「震災後の日本」への新しい「共同幻想」の「飛躍」は起こり、原発の再稼働が進められる震災後の日本で生き延びつづける「戦後日本」の「共同幻想」を卑小なものとして「疎外」するような事態が可能なのか。それを考察するために、わたしたちは経済的「合理」性や高度な科学技術といった具体的な「共同幻想」をささえている、さらに根源的な「共同幻想」について考えてみなくてはならない。

＊1 http://www.cnic.jp。二〇一七年一月二三日確認。
＊2 本間龍、『原発プロパガンダ』、八一ページ
＊3 樋口健二、『闇に消される原発被曝者』、一二―一三ページ
＊4 『闇に消される原発被曝者』、一三―一四ページ
＊5 『闇に消される原発被曝者』、一五ページ
＊6 『闇に消される原発被曝者』、一五ページ
＊7 「低線量被ばくのリスク管理ワーキンググループ報告書」、四ページ
＊8 中川保雄、『〈増補〉放射線被曝の歴史』、八五―八六ページ
＊9 マルクス経済学において、商品の価値を生み出す労働のうち対価の支払われない余剰労働によって、それが生み出されるとされる。
＊10 カール・マルクス、『経済学・哲学草稿』、八八―八九ページ
＊11 吉本隆明、『「反核」異論』、四九ページ
＊12 吉本隆明、インタビュー「「反原発」で猿になる！」、「週刊新潮」、二〇一二年一月五・一二日号
＊13 吉本隆明、『重層的な非決定へ』、六四―六五ページ

＊14　高木仁三郎、『原子力神話からの解放』、五〇、五二ページ

＊15　小出裕章、『隠される原子力・核の真実——原子力の専門家が原発に反対するわけ』、七七ページ

＊16　木村朗、『核の戦後史　Q&Aで学ぶ原爆・原発・被ばくの真実』、八八－八九ページ

＊17　加藤典洋、『アメリカの影』、二八五－二八六ページ

＊18　吉本隆明、『共同幻想論』、二三一ページ

＊19　吉本隆明、『高村光太郎』、一七二－一七三ページ

第4章

「震災後の日本」のはじまり

『永遠の0』、『想像ラジオ』など独特な視点で
「死者」を扱い大きな話題となった文学作品を、震災後の日本で読み直す。
その試みから、ここまで検討してきた「共同幻想」が、今、
新たな領域に飛躍しようとしていることを示す。
そして、「戦後日本」のあり方の見直しが官民挙げて進められている現在、
その「戦後日本」を支えてきたさまざまな「共同幻想」のうち、
本章では「都合の悪い同胞は切り捨てる」という思想に注目し、
そこで生まれてくる「ねじれ」を解消する方法を摸索してみたい。

1　震災後に起きた「共同幻想」の「飛躍」

百田尚樹『永遠の0』をめぐる変化

たとえば震災後の日本で「共同幻想」の「飛躍」が起きるとはどういうことだろうか。

わたしは一つの仮説をもっているが、それは百田尚樹の長篇小説『永遠の0』という作品をめぐるものである。二〇一六年の時点で、この作品は五百万部を超える大ベストセラーであり、二〇一三年には映画化もされて非常によく知られている。しかしもともとこの作品は、いくつかの出版社に断られたあと二〇〇六年に単行本版が出たものであり、さらに二〇〇九年に文庫版が出てからようやく読者を広げたが、その時点ではまだ五十万部ほどだった。

もちろん五十万部という数字でも、小説としては充分ベストセラーと言える。しかし五百万部というのは、国民的な支持があることを示す圧倒的な数字である。一九四五年以降の「戦後日本」で刊行された小説でそれにならべられるのは、おそらく一九八七年に刊行されてたちまちベストセラーとなり、二〇一〇年には累計で一千万部を越えた村上春樹の長篇小説『ノルウェイの森』ぐらいしかない。

つまり『永遠の0』は、ある時期まで少しずつ読者を増やしていた作品だったが、どこかで圧倒的な支持を受ける作品に変わった。わたしはその転機が、二〇一一年三月一一日に起きた東日本大震災だったと考えている。実際、百万部を超えたのは震災後の二〇一二年に入ってからであり、五百万部のうち四百万部以上が震災以降の読者による支持を示している。だとすればどうしてそれほど読まれ方が変わったのか。それはそこに「共同幻想」の「飛躍」があったからである、というのがわたしの仮説である。

題名の「0」が、日本が第二次世界大戦に投入した零式艦上戦闘機（零戦）を意味しているとおり、『永遠の0』は戦争中にカミカゼ特攻隊に志願して亡くなった、零戦の操縦士を取り上げて描いている。語り手の「ぼく」は、翌年に戦後六十年を迎える二〇〇四年で二十六歳になる若い男だが、フリーライターをしていて新聞社の終戦六十周年のプロジェクトを手伝っている姉の依頼を受け、戦争中に死んだと聞かされていた実の祖父について調査していく。その祖父「宮部久蔵」が、海軍の航空隊に所属していた零戦の操縦士であり、特別攻撃隊として死んだ人物である。

戦争末期に二十六歳で亡くなった「宮部」がどのような人物だったのか、敗戦後まで生き延びて老齢を迎えつつある旧海軍の関係者たちに「ぼく」が聞いてまわり、その死の真相を含めて可能なかぎり実像に近づいていこうとするのが、作品の大きな流れになっている。たとえば終盤近くで、学徒兵を訓練する航空隊の教官となっていた「宮部」にさまざまなことを教えられ、最後に特攻隊となって一緒に出撃した関係者のひとりは、そのときのことについて次のように証言する。

私は、この身を宮部さんに捧げようと思った。最後の最後まで宮部さんにぴったりとついていく。敵戦闘機が宮部さんを狙うなら、私が代わりに的になる。対空砲火も全部、私が受ける。

編隊は南に向かって飛んだ。東の空がほんのりと明けて来るのが見えた。うっすらと明けゆく空を見て東雲《しののめ》という言葉を思い出した。

しののめ——か。昔の人は美しい言葉を作ったなあと思った。

私は後ろを振り返った。鹿児島湾がきらきらと光るのが見える。そしてその後ろに九州の山々が朝日を浴びつつ、緑の色に塗られていく。美しい、と思わず呟いた。

この美しい国を守るためなら、死んでも惜しくはないと思った。

今、自分は真に立派な一人の男と共に死ぬのだ。

許嫁のことを思った。もうすぐ君の元へ行く——。

お母さん、ごめんなさい、と心の中で叫んだ。私の一生は幸せでした。*1

ここで語っている「私」はもちろん、敗戦後まで生き延びることができたのだが、作品ではそれが「宮部」の死がもつ意味を明らかにする伏線となっている。おそらくこのような書き方が、震災後に大きく注目を浴びるようになってから寄せられた、作者は「特攻隊を美化し、戦争を肯定している」といった批判に結びついているが、わたしの印象ではそれほど単純な話ではない。したしかにこうした部分だけ取り出せば、作者は「特攻隊を美化」していると言えなくもない。しかしそれは、作品全体で「戦争を肯定」しないために必要な表現になっている。だから作品が語ろうとしている内容から考えれば、そのような批判は成り立たないはずなのだが、しかし「特攻隊を美化」しているように見える表現に対する反応としては、一種の必然性をもっている。なぜなら日本が敗戦した一九四五年以降に書かれるようになった戦後文学では、実際にそうした表現には強い禁忌が存在していたからである。

敗戦後すぐ文学作品を書きはじめた戦後派の作家たちは、そもそも敗戦後まで生き延びることができたため作品を書く自由を手に入れたのであり、特攻隊として出撃命令を受けながら出撃直前に敗戦を迎えた経験をもつ島尾敏雄のような例外を除いて、戦争中に特攻隊で死んでしまった兵士たちとは根本的に生き方が断絶している。もちろん状況や立場が変われば、戦後派の作家たちのなかで特攻隊として亡くなった者がいたかもしれないし、死んでしまった兵士たちのなかには戦後派の作家となる可能性をもっていた者もいただろう。しかし一九四五年の敗戦は、そうした仮定自体を決定的に不可能なものにしており、いわば敗戦後に文学作品を書けるということ自体が、その書き手たちに戦争中に亡くなった兵士や「特攻隊を美化」することを禁じている。

なぜなら「特攻隊を美化」することは、敗戦後まで生き延びた自分たちを根源的に批判することであり、ひいては「戦争を肯定」する表現に結びつくからである。戦後派の作家たちは、むしろ自分たちが生き延びてしまった意味を見出すことに必死であり、そこでは自分たちは特攻隊とは違う存在であるという表現が書きつけられることになった。たとえば野間宏や埴谷雄高、武田泰淳や椎名麟三とならんで第一次戦後派の作家に数えられる梅崎春生は、一九四六年に発表して注目をあつめることになった中篇「桜島」で、鹿児島県にある基地に配属された作者自身を思わせる暗号手を語り手として、戦争末期の死を覚悟して過ごす日々を私小説的に描いている。作中でそのまま敗戦の日を迎える語り手の「私」は、そこで見かけた特攻隊の兵士について、次のように語っている。

坊津《ぼうのつ》の基地にいた時、水上特攻隊員を見たことがある。基地隊を遠く離れた国民学校の校舎を借りて、彼等は生活していた。私は一度そこを通ったことがある。国民学校の前に茶店風の家があって、その前に縁台を置き、二三人の特攻隊員が腰かけ、酒をのんでいた。二十歳前後の若者である。白い絹のマフラーが、変に野暮ったく見えた。皆、皮膚のざらざらした、そして荒んだ表情をしていた。その中の一人は、何か猥雑な調子で流行歌を甲高い声で歌っていた。何か言っては笑い合うその声に、何とも言えないいやな響きがあった。

(これが、特攻隊員か)

丁度、色気付いた田舎の青年の感じであった。わざと帽子を阿弥陀にかぶったり、白いマフラーを伊達者らしく纏えば纏うほど、泥臭く野暮に見えた。遠くから見ている私の方をむいて、

「何を見ているんだ。此の野郎」

眼を険しくして叫んだ。私を設営隊の新兵とでも思ったのだろう。

私の胸に湧き上がって来たのは、悲しみとも憤りともつかぬ感情であった。此の気持だけは、どうにも整理がつきかねた。此の感じだけは、今なお、いやな後味を引いて私の胸に残っている。*2

梅崎春生の代表作である「桜島」は、死が賛美されていた戦争中の日々に対する違和感を繊細な若者の感覚に託して表現し、戦後文学の出発を告げる作品の一つとして高く評価された。けれどもそのことと引き換えに、ちょうど戦争中に「死が賛美されていた」象徴とも言える特攻隊は、ここで敗戦後まで生き延びた「私」が「いやな後味」を覚えずには思い出すことができないように、一種の「他者」の位置に置かれることになった。以後、戦後文学では「死が賛美されていた」ことに同意するような表現が高く評価されることはなかったし、敗戦間際に戦艦大和が特攻出撃して沈没するまでを叙事詩的な表現で記録しようとした、吉田満『戦艦大和ノ最後』のような作品でさえ「戦争を肯定」するものと受けとられ、賛否両論を巻き起こした。ちなみにその作品は、GHQの検閲による全文削除から一九五二年版の刊行を経て、一九七四年に刊行された決定版に辿りつくまでに二十年以上の時間を要している。

「共同幻想」の起点に位置する死者

こうした感覚の延長線上で見たとき、二〇〇六年に刊行された『永遠の0』における特攻隊についての記述は、たしかに「特攻隊を美化」したものに見えるかもしれない。それはその特攻隊として死ぬことに同意した「私」の感覚が「美しい」「幸せ」といった言葉で肯定されているように感じられるからであり、またその特攻隊である「私」の存在が理解可能なものとして、作品における「自己」の位置に置かれているからである。つまりそのような表現が、そのまま「戦争を肯定」することに結びつくという受けとり方は、特攻隊を「他者」の位置に置いた戦後文学によって形づくられてきた「戦後日本」における「共同幻想」の一つによるものであり、その「共同幻想」が入れ替わったときには別の受けとり方がありうるということである。

そしてその入れ替わりが、おそらく震災後の日本で起きた。たとえば震災を区切りとして「震災後の日本」がはじまるとすれば、まずそこで位置づけが変わるのは死者である。なぜなら平和憲法と民主主義を掲げる「戦後日本」がはじまるに当たって、起点に置かれたのは「戦前の日本」が戦争に突入することによってアジア太平洋地域にもたらされた、二千万人の死者だったからである。そこでは兵士を含め、三百万人におよぶ日本国内の死者を同時に位置づけることができず、しかしもう二度と戦争の惨禍をくり返さないという言い方をしたときには、その三百万人のうち原爆を落とされた広島と長崎の死者については語ることができるという複雑な問題があるが、いずれにしてもその起点にあるのは日本が敗戦した一九四五年時点における死者である。

しかし「震災後の日本」という言い方をしたとき、なにより起点に置かれるのは東日本大震災によってもたらされた、日本国内の死者である。だから三・一一後に「震災後」であることを強調して書かれた文学作品は、しばしば震災による死者に言及する。二〇一一年一一月に刊行された高橋源一郎の長篇小説『恋する原発』は、アダルトビデオ（AV）業界で仕事をしている語り手が、被災者のためのチャリティーAVを作成するという、その企画内容が次々と語られていく作品である。深刻なものに対して不謹慎なものを、死に対して性（生）をぶつけようという意図に貫かれたその作品で、山場に置かれているのは震災にともなう津波によって放射能漏れ事故を起こしている福島第一原発の前で、一万組の有名人二万人が性行為をするという場面である。荒唐無稽でふざけているとしか思えない場面だからこそ、作者がその二万人に対置してきわめて真剣に一万五千人を超える震災による死者について語ろうとしていることがわかる。

そうした文学作品のなかで、震災による死者について語ったもっとも象徴的だった小説は、二〇一三年に刊行されて大きな反響を呼んだ、いとうせいこうの長篇『想像ラジオ』だろう。五章構成のその作品で、中心となるのは同一の語り手による第一章、第三章、第五章であり、そこで語られている「想像ラジオ」というラジオ番組である。作品が進むに連れて、被災地にいて離ればなれになった妻と子どもの安否を気遣うためにラジオ番組をはじめたという語り手が、津波に襲われて海岸沿いにある一本の樹上に釘づけられた死者であるということがわかってくるが、つまりそれは震災による死者そのものに語らせようとした作品である。

もちろんそのような作品を書くことは、生者である作者が勝手に死者を代弁してしまうことであり、作者はそう受けとられないよう「想像ラジオ」のあいだに差し挟まれる第二章で、作者自身を連想させる語り手に被災地にいる「樹上の人」の声など聞こえないと言わせている。しかしそれは震災後の現実を生きている語り手が、可能なかぎり誠実に死者の声を聞きとりたいと思っているからであり、章全体が身近な死者との架空の対話になっている第四章では、その声が聞こえない理由について「……確かに僕はどこかで加害者の意識を持ってる。なんでだろうね？　しかもそれは被災地の人も、遠く離れた土地の人も同じだと思うんだよ。みんなどこかで多かれ少なかれ加害者みたいな罪の意識を持ってる。生き残っている側は。だから樹上の人の言葉を、少なくとも僕は受け止めきれないのかもしれない」[*3]と語っている。

この作者自身を連想させる語り手が感じている、震災後の日本で「生き残っている」ことによる「罪の意識」というのは、ちょうど敗戦後の日本で戦後派の作家たちが作品を書きはじめたときに感じていたものに通じる。その意味で「震災後」であることを強調した文学作品は、かつて戦後文学が形づくったような「共同幻想」に結びつく可能性をもっていると言える。けれどもその先が違うのは、一九四五年の敗戦によって区切られている戦後文学では、特攻隊を含んだ日本国内の死者をうまく追悼することができなかったのに対し、震災後の文学作品では日本国内の死者について語ることができるということである。

だとすれば震災後の日本で起きた「共同幻想」の「飛躍」の一つは日本国内の死者についてのものであり、そのことは百田尚樹の『永遠の0』の受け入れられ方によく現われている。実際、そのような震災後の日本における「共同幻想」の「飛躍」は、いとうせいこうの『想像ラジオ』でも記録されているが、それは第二章の語り手で作者自身を連想させる「僕」と、親しかったがもう亡くなっているらしい「わたし」が話しているという形式の、第四章における次のような会話である。


「僕は向こう十年くらい、あちこちの家やビルの前に黒い旗が掲げられてもいいと思ってる。もちろん半旗になっていてもいいし、僕自身喪章を巻いて暮らしたっていい」

「え、いきなり話が変わってるけど？」

「僕にとってはつながってるよ」

「そうなの？　じゃあ続けて」

「死者と共にこの国を作り直して行くしかないのに、まるで何もなかったように事態にフタをしていく僕らはなんなんだ。この国はどうなっちゃったんだ」

「そうだね」

「木村宙太が言っていた東京大空襲の時も、ガメさんが話していた広島への原爆投下の時も、長崎の時も、他の数多くの災害の折も、僕らは死者と手を携えて前に進んできたんじゃないだろうか？　しかし、いつからかこの国は死者を抱きしめていることが出来なくなった。それはなぜか？」

「なぜか？」

「声を聴かなくなったんだと思う[*4]」

文学的な事実を確認すれば、ここで「僕」が語っている「この国は死者を抱きしめていることが出来なくなった」という事態は、東京大空襲や広島と長崎への原爆投下といった出来事を経た「戦後日本」において「いつからか」生じたものではなく、すでに一九四五年の敗戦時点から存在していたものである。なぜなら梅崎春生の作品で見たように、戦後文学は戦争中の特攻隊という「死者を抱きしめ」られないものとして書きはじめられており、そのことは基本的に「戦後日本」を通じて変わっていないからである。たとえば江藤淳は、平川祐弘の『平和の海と戦いの海』における戦争中の出来事についての記述をめぐって秋山駿と論争となった、一九七九年に発表した評論「他人の物語と自分の物語」(『一九四六年憲法――その拘束』所収)で「あの戦争で死んだ多くの日本人の霊は、誰によっても思い出されることもないのだろうか。広島と長崎の死者については特別に思い出してもよいが、それ以外の死者については思い出してはいけないというのだろうか?[*5]」と書いている。

そうして「戦後日本」では、現実に「死者については思い出してはいけない」と感じさせる「共同幻想」が機能していたのだが、三・一一の震災後に書かれていることを意識している『想像ラジオ』では、その「共同幻想」的な感覚に対する疑問が提示され、それに代わって「死者と共にこの国を作り直して行くしかない」という思いが語られる。ここに「共同幻想」の「飛躍」が記録されているというのは、震災による「死者と共にこの国を作り直して行くしかない」という「共同幻想」から見たときに、震災以前の「戦後日本」で機能していた「死者については思い出してはいけない」という「共同幻想」が、間違ったものとしか感じられていないからである。

つまり吉本隆明が『共同幻想論』で指摘していたように、震災後に生まれた「死者と共にこの国を作り直して行くしかない」という「共同幻想」によって、震災前にあった「死者については思い出してはいけない」という「共同幻想」の「疎外」が起きているのである。

「未曾有の出来事」による犠牲者を追悼する

ではこうしていとうせいこうの『想像ラジオ』が示すように、震災後の日本で「死者と共にこの国を作り直して行くしかない」という「共同幻想」が強い説得力をもつようになったのだとすれば、それは百田尚樹の『永遠の0』とどこで結びつくのか。もちろんその作品が、戦争中に特攻隊として亡くなった「宮部」という死者の声を聞きとり、その死者を追悼しようとしているところである。

とはいえ日本国内の死者という意味で、たしかに戦争による死者と震災による死者は重なるかもしれないが、それだけで国民的な支持を得られるほど大きく受け入れられ方が変わるだろうか。おそらくそうした変化の背後には、平和憲法と民主主義を掲げた「戦後日本」的な正しさとは別に、戦争による死者が日本人にとってどのようなものであったのかという問題が隠されているが、そのことを理解するためには敗戦後すぐの一九四六年に発表されて、当時十九歳でのちに文芸評論家になった奥野健男の証言によれば「魂の終戦宣言」[*6]を意味したという、坂口安吾の評論「堕落論」を参照してみなくてはならない。

よく知られる「戦争に負けたから堕ちるのではないのだ。人間だから堕ちるのであり、生きているから堕ちるだけだ」という逆説的な主張で、一躍坂口安吾を「無頼派」として流行作家にするきっかけとなったその作品は、敗戦後の日本における国民的な感情に表現をあたえたものと評価することができる。戦争中の日本人が武士道や天皇制といった規範を必要としたのは、その規範とはかけ離れた行動様式をもっていたからであり、支配者や政治家が人間的な理解に基づいてそれらを強いたのではないかと推測する坂口安吾は、日本人にとっての戦争がどのようなものだったのかについて、次のように言っている。

小林秀雄は政治家のタイプを独創をもたずただ管理し支配する人種と称しているが、必ずしもそうではないようだ。政治家の大多数は常にそうであるけれども、少数の天才は管理や支配の方法に独創をもち、それが凡庸な政治家の規範となって個々の時代、個々の政治を貫く一つの歴史の形で巨大な生き物の意志を示している。政治の場合に於て、歴史は個をつなぎ合せたものではなく、個を没入せしめた別個の巨大な生物となって誕生し、歴史の姿に於て政治もまた巨大な独創を行っているのである。この戦争をやった者は誰であるか。東条であり軍部であるか。そうでもあるが、しかしまた、日本を貫く巨大な生物、歴史のぬきさしならぬ意志であったに相違ない。日本人は歴史の前ではただ運命に従順な子供であったにすぎない。*7

ここで敗北に終わった戦争が「日本を貫く巨大な生物」や「歴史のぬきさしならぬ意志」によるもので、支配者や政治家は別として、日本人が主体的に行ったものとは感じられていないことに注目しなくてはならない。さらに言えば、一九四五年の敗戦を迎えた日本人は「運命に従順な子供であった」と書かれているが、これはそのまま敗戦後の日本を占領した、連合国軍の最高司令官だったダグラス・マッカーサーが一九五一年に言ったと伝えられる、アメリカがもう四十代の壮年だとすれば日本はまだ十二歳の少年にすぎない、という認識に重なる。その意味ではこの文章は、一九四五年以降に生まれる「戦後日本」の起点も示していると言えるかもしれないが、いずれにしてもここで重要なのは戦争が自分たちの思い通りにならない、災厄のようなものとしてとらえられていることである。

そしてそれが国民的な感情を表現した文章であったことを考えるとき、戦争が自分たちの力ではどうにもならない運命のようなものであったという表現は、当時の日本人にとってそれほど違和感のないものであり、むしろ実感に近いものであったと見なすことができる。そこから伊東祐吏の『戦後論』が指摘するように、敗戦直後の東久邇宮首相による会見でよく知られる、のちに支配者や政治家の責任を曖昧にしたと批判される「一億総懺悔」という考え方にしても、また国民は戦争に突入した責任のある支配者や政治家による犠牲者である、あるいは支配者や政治家に欺された国民は自業自得であるという考え方にしても、戦争の責任を押しつけあうかたちで展開されて「戦後日本は国民的規模で戦争についての『当事者意識』を失い、戦争をしたことをどこか無関係のことのように扱ってきた」[*8]という現実も生まれる。

だとすればその災厄のような戦争による死者もまた、戦争を起こした主体的な犠牲というより、災厄に巻き込まれた犠牲者のような位置づけになる。そこから戦争による死者と震災による死者が重なるまではほんのわずかだが、おそらく最終的な蝶番となっているのは「未曾有」という言葉である。なぜなら二〇一一年の東日本大震災が「未曾有」の大地震で「想定外」の大津波に襲われたと形容されたことは記憶に新しいが、日本の近代史上でもう一つの「未曾有」だった出来事こそ、一九四五年の敗戦だからである。

それ以前の歴史において、モンゴル帝国による元寇は神風によって退け、欧米列強による帝国主義時代は明治維新を行って独立を維持してきた日本は、第二次世界大戦での敗北によって初めて外国の軍隊に占領されるという、文字どおり「未曾有」の経験をすることになった。文学的な文章でも、一九四五年一〇月に発表された河上徹太郎の評論「配給された『自由』」に「未曾有の敗戦」という言葉遣いが見えるが、その敗戦を「未曾有」と形容した文章は現在にいたるまで、かなり広く確認することができる。こうして「未曾有の出来事」として、日本人にとって一九四五年の敗戦と二〇一一年の震災は重なるが、ちょうどそのことを裏づけしているのが、震災を指す「第二の敗戦」という言い方である。

つまり近代以降の日本にとって敗戦と震災は「未曾有の出来事」であり、それを経験した敗戦後の日本が平和憲法と民主主義を掲げた「戦後日本」として大きく変わらなければならなかったように、震災後の日本もまた大きく変わらなければならない「第二の敗戦」を迎えているということになる。その象徴が、経済的合理性と高度な科学技術というイメージにささえられた原子力発電所であったということはすでに確認したとおりだが、こうして戦争による死者と震災による死者は「未曾有の出来事」による犠牲者として、変わらない存在である。そして「第二の敗戦」を迎えた震災後の日本で生まれたのが、いとうせいこうの『想像ラジオ』が語っているように「死者と共にこの国を作り直して行くしかない」という「共同幻想」だったとすれば、そこで戦争による死者が追悼されるようになるのは、ほとんど必然であったと言える。

しかも百田尚樹の『永遠の0』で描かれている「宮部」は、あたかも「戦後日本」的な価値観を先取りするかのように、語り手である「ぼく」の祖母と母に当たる妻と娘を大切に思いながらどうにか生き延びて帰りたいと考えていた人物であり、いわば「戦後日本」の現実に生きることのなかった「戦後日本」的な存在である。あるいはだからこそ「戦後日本」の現実に生きていた読者は、震災後の日本になって戦争中の死者「宮部」を「未曾有の出来事」による犠牲者として、追悼すべき同胞と感じるのかもしれない。旧海軍の関係者で存命の九人を順に訪ね、祖父「宮部」について語ってもらっている「ぼく」は、作品の終盤で八人目となる証言者から次のような話を聞かされる。

敗戦後の日本をやくざとなって生きてきた、その証言者である元海軍上等飛行兵曹「景浦」は、戦争中は優秀なパイロットとして命懸けの戦いをくぐり抜け、戦闘機同士の空中戦に剣豪の果たし合いのような美意識をもっていた。しかしだからこそ、命を惜しんでいるにもかかわらず、自分以上に優秀なパイロットだった「宮部」を憎んでおり、その思いは敗戦後六十年経っても消えていない。


俺は宮部が大嫌いだった。それこそ虫唾が走るほど憎んでいた。

奴の特攻出撃は覚えている。俺が直掩機として飛んだからな。

（……）

宮部は女房とガキの写真を後生大事に持っていた。今時の若い奴らなら、皆そうしていると言いたいのだろう。そのことはとやかく言わん。どうせぬるま湯のような世の中だ。会社しか頼るもののないひ弱なサラリーマンが妻子の写真をお守り代わりに定期入れにしまい込んでいたとしても、むしろ可愛げがある。しかし六十年前はそうではなかった。俺たちは命を的にして戦っていた。

命懸けなどという言葉は今も普通に使われているが、たいていは言葉だけだ。一所懸命ということを派手に言ってるにすぎん。笑わせるんじゃねえ。本当に命懸けということがどんなことか教えてやりたいぜ。俺たちはあの頃、文字通り生命を賭けていたんだ。奴はそんな戦場の中で、今時のサラリーマンみたいに写真を眺めては、「生きて帰りたい」と抜かしていたんだ[*9]。

この戦争中に「死が賛美されていた」ことを肯定するかのような「景浦」の証言は、逆説的に「宮部」が「死が賛美されていた」ことが否定される敗戦後まで生きるのにふさわしい人物であったという印象を読者にあたえる。だからこそ特攻隊として死んだ「宮部」は戦争という「未曾有の出来事」の犠牲者であり、震災後の日本でその声が聞きとられるべき死者という位置づけを獲得したのである。

こうして戦争による「死者についてはは思い出してはいけない」という「共同幻想」が機能していた「戦後日本」と、戦争と震災が重なる「未曾有の出来事」による「死者と共にこの国を作り直して行くしかない」という「共同幻想」が生まれた震災後の日本を比較してみるとき、戦争による死者を描いたおなじ文学作品がまったく異なる受け入れられ方をする充分な理由があることがわかる。そして百田尚樹の『永遠の0』という作品の読まれ方の変化は、たしかに震災前から震災後にかけて「共同幻想」の「飛躍」があったということを物語っているが、次にそこでは本当に「戦後日本」的な「共同幻想」が「疎外」され、真の意味で「震災後の日本」的な「共同幻想」が生まれているのかどうかが問われなければならない。

なぜならそうなっていれば、経済的合理性と高度な科学技術という「戦後日本」的な「共同幻想」にささえられてきた原子力発電所が、震災後の日本でそのまま存在しつづけるということはありえないし、また敗戦後の日本が平和憲法と民主主義を掲げた「戦後日本」になったように、震災後の日本もまた大きく変わっていくはずだからである。

2 「戦後日本」的な「共同幻想」の起源

文学的な文章に表れた「共同幻想」

けれども実際には、二〇一四年から特定秘密保護法が施行されたり安全保障関連法案が二〇一五年に成立したりして、平和憲法と民主主義を掲げてきた「戦後日本」のあり方が変質している一方で、原子力発電所は経済的合理性と高度な科学技術というイメージを変えずに存続しようとしているというのが、現在までのところ震災後の日本で確認できる事態である。つまりそこには「共同幻想」の「飛躍」が起きていることを感じさせる出来事があるが、一方で震災によって示された事実に基づいていない「戦後日本」的な「共同幻想」が生き延びていると考えざるをえない現象が存在する。

だとすれば、個々の具体的な「共同幻想」については震災後への「飛躍」と震災前に対する「疎外」が起きているかもしれないが、いわば「戦後日本」を根本的にささえてきた「戦後日本」的な「共同幻想」それ自体は、おそらく変わっていないのである。ではその「戦後日本」にとってのもっとも本質的な「共同幻想」は、どのようにしたら論じることができるのか。

ここまでわたしたちは、一九六〇年代に「共同幻想」としての「国家」について論じようとした吉本隆明の『共同幻想論』の枠組みを借りて、震災後の日本について考察しながら「戦後日本」から「震災後の日本」への「共同幻想」の「飛躍」という問題に辿りついた。そしてこれから最後に論じようとしている、震災後の日本で「疎外」されなければならない「共同幻想」とは、言い換えれば敗戦後の日本が平和憲法と民主主義を掲げた「戦後日本」になるときに成立した「共同幻想」のことであり、それは「戦後日本」的な「共同幻想」の起源に迫ることを意味している。

吉本が『共同幻想論』の最終章に置いているのは、ちょうど「共同幻想」としての「国家」の起源を論じた章だが、その冒頭部分で吉本は次のように書いている。

　ここ数年のあいだに古代史家たちがわが〈国家〉の起源にふれた議論が、わたしたち素人の耳にもとどくようになった。素人はその議論からあたらしい知識をえられるようになった。だがそれと同時になにを〈国家〉とよぶのか、そして〈国家〉の起源とはなにを意味するのか、深刻な疑惑もふりまかれたのである。えられた知識はよろこんでうけとれるが、深刻な疑惑はいちおう返済しておかなくてはならない。これらの史家たちの議論は、〈国家〉とはなにかの把握について、まったく未明の段階にしかないことをおしえている。*10

そして第二章でも引用したように、吉本は「はじめに共同体はどんな段階にたっしたとき〈国家〉とよばれるかを、起源にそくしてはっきりさせておかなければならない。はじめに〈国家〉とよびうるプリミティヴな形態は、村落社会の〈共同幻想〉がどんな意味でも、血縁的な共同性から独立にあらわれたものをさしている。この条件がみたされたら村落社会の〈共同幻想〉ははじめて、家族あるいは親族体系の共同性から分離してあらわれる」とつづける。その言い方に倣うなら、震災後になってここ数年のあいだに「戦後日本」の起源に触れた議論がいくつも目につくようになった。わたしたちはそれらの議論から、交戦権を否定した日本国憲法が成立する過程と東西冷戦の関係や、サンフランシスコ講和条約が発効された一九五二年以降も日本はアメリカ軍による占領状態が継続しているという米軍基地の問題、あるいは日本国憲法より日米地位協定が上位に位置している法治国家としての日本の歪さなどについて、新しい知識を得られるようになったが、同時になにをもって「戦後日本」と呼ぶのか、そして「戦後日本」の起源とはなにを意味するのかという問題について、深刻な疑問をあたえられることにもなった。

つまりここでわたしたちが論じようとしているのは、どんな状態に辿りついたとき日本は「共同幻想」として「戦後日本」と呼ばれるのかという問題であり、それは吉本隆明が「国家」の起源について語った表現を借りるなら、その「共同幻想」が一九四五年に敗戦する以前の「戦前の日本」と「分離してあらわれる」ときではないか。ちなみにここで吉本が論じている「国家」の起源は、魏志倭人伝に記録が見える邪馬台国群よりさらに古いものだが、しかし吉本自身が軍国少年として所属していた戦前の「大日本帝国」が、天皇を主権者として臣民を「赤子」と位置づける「家族形態と親族体系の地平」にある共同体だったことを考えるとき、ここで語られている「国家」の起源には「戦前の日本」から「戦後日本」への変化が重ねられていたかもしれない。たしかに天皇が人間宣言をすることで可能になった、象徴天皇制によって平和憲法と民主主義を掲げた「戦後日本」は「どんな意味でも、血縁的な共同性から独立にあらわれた」共同体になっているからである。

いずれにしても、注目しなくてはならないのは「戦前の日本」から「分離してあらわれる」ものが「共同幻想」として機能している状態である。そしてその状態を示しているものを文学的な文章から取り出そうとしたとき、もっとも「戦後日本」の起源に近い場所で書かれていると思われるのは、文芸評論家である平野謙が一九四六年に発表した「ひとつの反措定」である。

ここで文学的な文章を取り上げなくてはならないのは、政治的な文章や社会的な文章で確認できる「共同幻想」はすでに社会化されたり一般化されたりしたものであり、できるだけその起源に近づこうとするときには、個人的な感覚にしたがって書かれた文章を手がかりにするしかないからである。実際、平野謙の「ひとつの反措定」は発表後に中野重治とのあいだに激しい論争を引き起こしており、そこで語られている内容は、間違いなく社会化されたり一般化されたりする以前の感覚を含んでいたと言うことができる。

敗戦後一年も経たない時期に書かれたその時評的な文章で、平野謙は戦前の一九三七年に女優の岡田嘉子を連れて、ソビエト連邦に亡命したプロレタリア演劇の演出家だった杉本良吉の話題について触れ、小田切秀雄が一九四六年に入って発表した「文学における戦争責任の追求」から議論が盛り上がっていた、文学者の戦争責任についての問題に注意を喚起する。そして戦争中に日本にいなかったという理由で、杉本良吉のように亡命していた文学者を戦争責任からもっとも遠い存在として英雄視する当時の風潮に異議を唱え、代わりに「彼等が亡命せざるを得なかった複雑な事情と当時の情勢にまで遡って、その文学的意味を闡明することこそ、彼等を芸術家として遇する唯一の途だろう」と書いて、こうつづける。

なぜこのようなことを故《ことさ》ら今日発言するかと言えば、文学者の戦争責任というテーマとプロレタリア文学運動の功罪ならびにその転向問題とは、ほとんど不可分のものとして、文学界全体の自己批判に打ちこむべき大きなくさびと信ずるからにほかならぬ。たとえば、おそらく火野葦平の戦争犯罪的摘発は免れがたいところだろうが、『麦と兵隊』を書いた当時の火野が、一青年作家としていかに初々しい柔軟な心情を抱いていたかは、中山省三郎に宛てた当時の書簡に明瞭である。小林多喜二の生涯がさまざまな偏向と誤謬とを孕んだプロレタリア文学運動のもっとも忠実な実践者たることから生じた時代的犠牲を意味していたとちょうどうらはらに、『麦と兵隊』に出発した火野葦平の文学活動もまた侵略戦争遂行の凄まじい波に流された一個の時代的犠牲ではなかったか。誤解を惧《おそ》れずに言えば、小林多喜二と火野葦平とを表裏一体と眺め得るような成熟した文学的肉眼こそ、混沌たる現在の文学界には必要なのだ。[*11]

この末尾近くで、結論めいて記されている「小林多喜二と火野葦平とを表裏一体と眺め得るような成熟した文学的肉眼」という考え方は、いわば敗戦後の日本に必要な民主主義的な視線を意味するものとして、かなり好意的に受け入れられた。そして平野謙は、実際にその「成熟した文学的肉眼」を実践するように、同時代の文学作品について時評的な文章で積極的に発言して影響力をもつ文芸評論家になっていくが、そのような意味で「ひとつの反措定」は、民主主義という「戦後日本」的な価値観をいち早く文学的に表現したと言っていい文章である。

しかしその「ひとつの反措定」にいたるまでの平野謙の文章と、おなじ戦後文学の拠点となった文芸雑誌「近代文学」の同人であった荒正人の文章をならべて、苛烈な批判を加えたのが中野重治である。

平野謙と中野重治の断絶

戦前にプロレタリア文学者として出発し、戦争中にはマルクス主義からの転向も経験している中野重治は、敗戦後は小田切秀雄による「文学における戦争責任の追求」を発表する舞台となった文芸雑誌「新日本文学」を刊行する、新日本文学会の設立に参加した。そうした「近代文学」対「新日本文学」という構図も背景にあるが、戦前のプロレタリア文学が政治優位で「目的のためには手段をえらばぬ」[*12]という特徴をもち、女性をハウスキーパーにしたり共産党への服従を強制したりする非人間的な側面があったということを指摘した平野謙に対し、中野重治は戦前のプロレタリア文学を擁護するような立場から発言している。

荒と平野はさかんに書いている二人である。彼らはしきりに書いている。（……）彼らは活潑に仕事している。彼らは文学批評家として、しかし人間的な文学を育てるための批評家として表むき打つて出ようとしているように見える。

しかし彼らは正しいか。また美しいか。人間的な文学を育てようとする、あるいは文学を人間的に育てようとするというその批評は批評自身人間的であるか。反対のように私には見える。彼らは正しくない、あやまつている。彼らは美しくない、みにくい。彼らは批評そのものにおいて非人間的である。そう私は思う。[*13]

これはその冒頭部分だが、居丈高な調子と感情的な言葉づかいで書かれていると受けとられ、あまり共感を得られなかった文章である。この「近代文学」派の平野謙や荒正人と「新日本文学」派の中野重治のあいだで交わされた論争は、そののち多くの文学者たちを巻き込んで「政治と文学論争」と呼ばれることになる。しかし「近代文学」から登場した文学者たちが戦後文学の中心となり、平野が「戦後日本」を代表する文芸評論家のひとりになっていくことにも示されているように、論争は中野が言い負かされたという印象が強く、文学史的にも中野重治は戦前のプロレタリア文学について痛い指摘をされ、感情的に反論したという位置づけになっている。
けれども「戦後日本」的な「共同幻想」の起源に近い場所にある文章として、平野謙の「ひとつの反措定」に注目しているわたしたちにとって、この中野重治による反論は非常に重要である。なぜなら平野の主張が常識的なものとして受け入れられ、中野の主張が感情的なものと見なされていくというその後の評価自体が、新しい「共同幻想」への「飛躍」と古い「共同幻想」の「疎外」が起きたということを暗示しているからである。

では中野重治は、平野謙の主張におけるどのようなところに我慢ならなかったのか。論争として考えれば、戦前のプロレタリア文学に非人間的な側面があったと指摘しようとした平野や荒に対し、中野が非人間的な側面などなかったという反論をしていれば、争点はわかりやすかっただろう。しかし中野は「批評の人間性」で、戦前のプロレタリア文学が非人間的ではなかったとは主張せず、平野や荒の文章を一つ一つ取り上げ、「非人間的な想像と下司なかんぐりとを土台にしている」「宗匠根性におちている」といった批判を加えている。そうしてむしろ非人間的なのは、平野謙や荒正人の批評の方であるという主張を展開していく中野重治は、しかしいったいなにを「非人間的」だと考えているのか。

中野自身がそれを明確に意識できていない印象だが、おそらくそれは死者をめぐる態度である。終盤近くの一節で、中野重治はこう書いている。

空想をひろげること、架空の人物を仕立てることは批評家の勝手である。しかし空想と架空の人物とだけを土台に批評を組みたてることは、批評家本人の弱さと彼自身の理論的不安との白状である。とりわけ死んだもの、死んだものについてのゴシップ、外国にいるものをしきりに引きあいに出すことはそうである。「死人に口なし」を逆用することは人間的でない。「卑小賤劣な」空想と架空人物としか出せないのは批評家自身が「卑小賤劣」だからである。[*14]

ここでわたしたちは、ふたたび「戦後日本」の起点に置かれる死者の問題に出会っている。なぜなら敗戦後すぐの一九四六年に書かれているこの文章で「死んだもの」とは、端的に戦争中の死者を意味するからである。そして中野重治は、平野謙や荒正人による文章が戦争中に「死んだもの、亡命したもの」とを土台として目的を達しようとしている」ことを指して「非人間的」と言っている。これはいわばそこでは戦争による死者が「人間的な文学」を語るための道具になっているのである。これはマルクス主義的な意味における政治ではないが、より根源的な意味で「政治」的な文学のあり方だと言わなくてはならない。

では中野が違和感を感じたという地点から、まだ「戦後日本」的な「共同幻想」が機能していない場所から、平野の文章がもつ「政治」性について考えてみよう。

たとえば平野謙が「小林多喜二と火野葦平とを表裏一体と眺め得るような成熟した文学的肉眼」

という言い方をするとき、おそらく自分が小林多喜二の立場になったり火野葦平の立場になったりする可能性があるとは感じられていない。もちろんそれは一九四五年の敗戦によって戦争が終わり、もはや戦争中に行われていた思想弾圧や戦場での死を想定しなくてよくなったからである。しかし逆に言えば、戦争が終わっていない時期に小林多喜二のように行動して殺されたり、火野葦平のように戦争を肯定する文学作品を書いたりしたことの意味は、厳密には理解することができない他人事になっているのである。

だからこそ小林多喜二も火野葦平も、戦争中という「一個の時代的犠牲」として眺めることが可能になるのだが、言い換えれば敗戦後の日本まで生き延びた平野謙にとって、戦争中の日本に犠牲者として釘づけられた小林多喜二も火野葦平も、自分の同胞ではない。だからそこで行われたのは、戦争中の犠牲者を敗戦後の現実から切り離すことであり、そのことによって「戦後日本」的な「共同幻想」は機能しはじめている。

しかし中野重治が違和感を抱いているのは、まさにその小林多喜二も火野葦平も同胞ではない、という切り離し方である。なぜなら戦争中にマルクス主義からの転向を経験している中野にとって、小林多喜二は自分がそうなったかもしれない可能性であり、火野葦平はその同時代に批判すべきだった対立者である。つまり同志や敵対者であるということを越えて、中野重治にとっては小林多喜二も火野葦平も同胞である。だからおなじ戦争を戦っていた同胞として、その犠牲者としての差異が論じられなくてはならない。中野に言わせれば、平野謙が主張する「成熟した文学的肉眼」では

「戦争に関して天皇と二等兵とをひとしい犠牲とするのとそれは同じである」が、しかし「天皇は戦争をしかけてそこへ二等兵を引き入れることで『犠牲』であった。二等兵は戦争を命じられて死へ引き入れられることで犠牲であった。小林は革命文学と民主主義とのためにその敵に虐殺されたことで犠牲であった。火野はこの敵のためにさらにその道をひらいたことで『犠牲』であった」[*15]という違いを区別しなくてはならないのである。

ここで機能しているのは、間違いなくおなじ戦争を戦っていた「戦前の日本」としての「共同幻想」である。平野謙の「ひとつの反措定」に表われた感覚は、その「共同幻想」からの「飛躍」として、いったん敗戦後の日本まで生き延びた者を同胞ととらえ直すことで生まれる。代わりに生き延びられなかった者は、火野葦平のような戦争協力者を含めて犠牲者と位置づけられるが、そこで行われているのは平和憲法と民主主義を掲げた「戦後日本」を生きるのに都合のよい者と都合の悪い者の選別であり、だとすれば平野によるその選別が切り離されようとしている「戦前の日本」の同胞としての中野から見て「非人間的」と感じられるのは当然である。

加藤典洋『敗戦後論』の向こう

しかし「戦前の日本」に生きた者も「戦後日本」に生きる者も同胞であるという感覚は人間的かもしれないが、そのあいだには一九四五年の敗戦という断絶が存在する。だから敗戦後の日本まで生き延びた戦後派の作家たちは、たとえば「戦前の日本」に生きて特攻隊として死んだ兵士たちを同胞として語ることができなかったし、また日本が行っていた戦争を「戦前の日本」で肯定していた者たちは、その自分を否定したり隠蔽したりすることなしには敗戦後の日本で生きにくかったはずである。そのような意味で、どのようなかたちにせよ「戦前の日本」が「戦後日本」から切り離されるのは必然だったが、問題はそこで機能しはじめる「戦後日本」的な「共同幻想」の性質である。

戦争に敗北して外国の軍隊に占領されるという「未曾有の出来事」によって歴史的に区切られた「戦後日本」は、国家としてその戦争を起こした「戦前の日本」とはまったく別のものにならなければならないという課題を負うことになったが、そのことは当然「戦後日本」的な「共同幻想」の成立にも影響をあたえている。その問題を戦争による死者との関係で考察し、「戦後日本」的な「共同幻想」の本質にもっとも近いところまで迫っているのは、加藤典洋が一九九七年に刊行した『敗戦後論』である。

敗戦後五十年以上が過ぎ、幾度もくり返されている平和憲法をめぐる護憲派と改憲派の対立、また過去の戦争についての歴史認識の問題には「ねじれ」があり、それゆえ対立や問題を解決するような対話が「戦後日本」では成立しないという事実を指摘して、加藤はそのような「ねじれ」が生まれてきた原因を死者との関係に求めている。

これまで戦争の死者といえば、どのようないくさの場合でも、わたし達は彼らを厚く弔うのを常としてきた。たぶん古代以来、それはどのような文化においてもそうだったはずだが、第二次世界大戦は、残された者にとってそこで自国の死者が無意味な死者となるほかない、はじめての戦争を意味したのである。

たぶん、その意味ではわたし達に原爆の死者があったことは、戦争の死者をわたし達に弔いやすくするための外的な偶然だった。しかしやがて、わたし達日本国民の加害責任ということが当然ながら、遅刻者のようにやってくると、戦後のねじれは誰の眼にも明らかに、この点に関し、わたし達をとらえるようになる。

そのことの帰結をわたし達はいまよく知っている。(……)ある時以来、戦後日本の外向きの正史は、日本の侵略戦争を公式に認めてきたが、その際、敗戦者のねじれを、戦勝者の前に示すということを行わなかった。その正史は、日本がまず謝罪すべき死者として二千万のアジアの死者をあげているが、そこで、一方三百万の自国の死者、特に兵士として逝った死者たちへの自分たちの哀悼が、この謝罪とどのような関係におかれるかを、明示することはしていないのである。*16

ここで「ねじれ」と表現されているのは、平和憲法と民主主義を掲げた「戦後日本」の起点に置かれるべき「戦前の日本」がもたらしたアジア太平洋地域における二千万人の死者を弔うことが、日本国内における三百万人の死者を弔うこととうまく結びつかないということである。なぜなら日本国内の死者を弔うことは、どこかでアジア太平洋地域に死者をもたらした戦争を正当化することにつながるし、逆にアジアの死者に対して謝罪を行うことは、日本国内の死者が無駄死にであったことを強調する。その「ねじれ」を解消するために、加藤は先に日本国内の「汚れた」死者を弔い、次いで立ち上げた「戦後日本」的な主体としてアジアの死者に対して謝罪する、という提案を行ったが、高橋哲哉をはじめとする論者から次々と批判を浴びて、大きな論争となった。

いわば加藤典洋の提案は、敗戦後まで生き延びた者を同胞としてとらえ直すことで成立した「戦後日本」に「戦前の日本」に生きて敗戦後まで生き延びなかった者を同胞として結びつけ直そうとしたものだが、そのことが論争を引き起こしたという事実は、それほど「戦前の日本」から切り離された「戦後日本」的な「共同幻想」が強固に機能していたということを意味している。しかしわたしの考えでは、平和憲法と民主主義を掲げた「戦後日本」は「戦前の日本」から「分離してあらわれる」ところで成立しているために、そもそも「戦前の日本」として行った戦争について主体的な意識をもつことができなくなっており、おそらくそれは日本国内の「汚れた」死者を弔うことだけでは回復しない。しかも敗戦直後に書かれた坂口安吾の「堕落論」が表現していたように、「戦前の日本」に生きて敗戦後まで生き延びた者の感覚では戦争は震災に近い災厄であり、仮に「戦争中の死者」が「戦後日本」に結びつけられたとしても、それがアジア太平洋地域に二千万人の死者をもたらした戦争について、主体的な意識を回復することになるかどうかはわからない。

だとすればわたしたちは、やはり「戦後日本」的な「共同幻想」からはじめてそこから「飛躍」

するしかないが、そのためにはわたしたちそれぞれの「個人幻想」と「逆立」するその「共同幻想」がどんなものなのか、そろそろ言い当てなくてはならない。平野謙の「ひとつの反措定」で確認できる「戦前の日本」から「分離してあらわれる」ものと、加藤典洋の『敗戦後論』によって引き起こされた論争からそこに戦争による死者を結びつけることの困難さを合わせて考えるとき、一九四五年の敗戦以降に生まれた「戦後日本」を根源的にささえている「共同幻想」を言語化すれば、それは「都合の悪い同胞は切り捨てられても仕方ない」という意識ではなかったか。

もちろんその「都合の悪い同胞は切り捨てられても仕方ない」という意識は、第二次世界大戦のあとで「人道に対する罪」や「平和に対する罪」が問われるようになってから、敗北した枢軸国側の国家ではじめて機能するようになったものである。それまでは第一次世界大戦で敗北した国家でも、国内的な意味における悲劇的な犠牲者や戦争犯罪者はいても、勝敗が決したあとの国際的な世界秩序から見て「都合の悪い同胞」は存在したことがない。

だからそのことの倫理的な是非を、ここで問いたいわけではない。しかし歴史的な事実として、おそらくその意識が「共同幻想」として行きわたることなしには、平和憲法と民主主義を掲げた「戦後日本」ははじまることがなかったし、また一九五二年に発効したサンフランシスコ講和条約で「戦後日本」が独立を回復した国家となったときには、その「共同幻想」に荷担せずにわたしたちはそこに生きることができなくなった。なぜならその時点で、国家による戦争や事変の死者が祀られてきた靖国神社はＧＨＱの占領政策で国家管理ではなくなっており、沖縄はアメリカ合衆国に占領されたままだったからである。つまりその「都合の悪い同胞」の時間的な表象が戦争中の死者であり、空間的な表象が沖縄にほかならない。

わたしが「戦後日本」の問題を、加藤典洋のように戦争による死者との関係だけではなく「都合の悪い同胞」との関係として考えたいのは、震災後になって「死者と共にこの国を作り直して行くしかない」という「共同幻想」が生まれ、震災による死者と戦争による死者が重ねて語られるようになっても、その問題は解決しないと思うからである。それほど「都合の悪い同胞は切り捨てられても仕方ない」という意識は、深いところからわたしたちを呪縛しているが、たとえば原子力発電所の問題はその象徴である。というのは原子力発電によって「戦後日本」にもたらされる経済的合理性と高度な科学技術というイメージは、被曝のリスクを引き受ける労働者と原発が立地する土地の犠牲なしには成立しないものであり、ここでは「都合の悪い同胞」とは被曝労働者であり、また東日本大震災にともなう原発事故以降は、放射能による汚染地域やそこからの避難者がそれに当たっている。

しかし「都合の悪い同胞は切り捨てられても仕方ない」という意識によってささえられている国家は、そもそも主体性をもつ国民国家とは言えない。それは敗戦後の日本のように、アメリカ合衆国による占領下と東西冷戦のはじまりといった政治的状況で「都合の悪い同胞」が左右され、あるいは多数派の都合でいつなんどき少数派の国民が国家から「切り捨て」られるかわからないということだからである。そして現在もつづく沖縄における米軍基地の問題や、桐野夏生の『バラカ』で表現されていたような震災以降の被災地と被災地以外の断絶を見るかぎり、その国民国家を形成しない「戦後日本」的な「共同幻想」は生き延びて機能しつづけている。

では震災後の現実に生きているわたしたちが、その「戦後日本」的な「共同幻想」を終わらせるとはどういうことか。論理的に考えれば「都合の悪い同胞は切り捨てられても仕方ない」という「共同幻想」が「疎外」しているのは、逆の内容である「都合の悪い同胞を切り捨ててはならない」という「共同幻想」である。だから震災後の日本で生じる「共同幻想」の「飛躍」が、その「都合の悪い同胞を切り捨ててはならない」という意識に向かって起きるなら、そのとき「戦後日本」的な「共同幻想」は終わる。

わたしには震災前に書かれていた文学作品のいくつかが、また震災後に書かれている文学作品のいくつかが、たしかに「戦後日本」から「分離してあらわれる」ところで「都合の悪い同胞を切り捨ててはならない」という意識を語っているように思える。

＊1　百田尚樹、『永遠の0』、五四一ページ
＊2　梅崎春生、『桜島 日の果て 幻化』、七四―七五ページ
＊3　いとうせいこう、『想像ラジオ』、一二六―一二七ページ
＊4　『想像ラジオ』、一四〇―一四一ページ
＊5　江藤淳、『一九四六年憲法――その拘束』、一八五ページ
＊6　奥野健男、『坂口安吾』、一五ページ
＊7　坂口安吾、「堕落論」、『日本近代文学評論選【昭和篇】』、三二〇ページ
＊8　伊東祐吏、『戦後論』、一二ページ
＊9　『永遠の0』、四五四―四五五ページ

＊10 吉本隆明、『共同幻想論』、二三九ページ
＊11 平野謙、「ひとつの反措定」、『日本近代文学評論選【昭和篇】』、三三六―三三七ページ
＊12 「ひとつの反措定」、三三四ページ
＊13 中野重治、「批評の人間性 一」、『中野重治評論集』、二二八ページ
＊14 「批評の人間性 一」、二四〇―二四一ページ
＊15 「批評の人間性 一」、二四一ページ
＊16 加藤典洋、『敗戦後論』、六〇ページ

終章

戦争を引きうける

震災後の日本が戦争中の日本と重なる

それは不思議な感覚だった。

三・一一の震災後、被災地の映像に衝撃を受けながら原発事故に関連する情報を収集していて、前線である福島第一原発の状況がかなり悲観的なものであることが理解できてきたころのことである。すでに大規模な放射能漏れは起きており、関東近県でも放射性物質を含んだ放射能雲が通過し、東京では生活圏のあちこちが放射線で焼かれた焼け跡のような印象になっていた。わたしは上空から襲ってくる見えないなにかから身を守るようにして、五歳の長男と三歳の長女を保育園に送り届け、家に居ることが多くなった妊娠中の妻と一緒に生活していた。水や食べ物に気を遣わなければならなかったので、非常事態であるという感覚は消えることがなかった。

新聞やテレビを見ると、事故の引き金となった地震による大津波は「想定外」で、原発から漏れた放射能は「直ちに影響が出るものではない」とくり返していた。それが日本政府の公式見解だった。それほど大きな問題はないという調子で、事故についての経過が報道されていたが、事態が刻一刻と悪い方へと向かっているという印象は否めなかった。しかしだれかが原発や事故の危険性を指摘しようとすると、たちまち「危険をあおるな」「風評被害だ」といった批判が寄せられた。

だれが言い出したかわからないが、震災直後の原発事故に関する報道は「敗走」を「転進」と言い換える「大本営発表」そのものだった。わたしは原発や事故の危険性に敏感にならざるをえない生活を送っていたが、それを指摘する声に対して投げつけられる「危険をあおるな」「風評被害だ」

という言葉には、戦争中に口にされたという「非国民だ」という響きが重なった。

眠れない夜がつづき、かつてこれほど真剣に勉強したことはなかったのではないかと思うほど集中して原子力発電について理解を深めると、どうしてこんなものをはじめたのかという感想しか出てこなかった。しかしはじめたものを震災前に止める機会はあったわけだし、自分にもそのための行動を起こすことが可能だったことは明らかだったので、そのことでだれかを批判したり責めたりする気にはなれなかった。なにより福島第一原発の現場では、事故をこれ以上悪化させないために被曝しながら懸命に作業している人々がいるはずだった。

たしかに「直ちに影響が出るものではない」が、前線である事故の現場でも後方である生活圏でも、わたしたちは日本が原発をはじめたことによって人工の放射線に貫かれて偶然に左右される死を強いられているというイメージを手に入れたとき、一九四五年の敗北に終わったという意味では愚かであったと言われても仕方ないあの戦争を行ったのは、震災後の現実を生きているおなじわたしたちだという感覚に強くとらえられた。それは震災前には感じたことのないものだったが、上空から襲ってくるなにかも焼け跡も「大本営発表」も偶然によって生死が左右されることも、二度とくり返されてはならないと教えられてきたものが震災後のいま目の前でくり返されていた。

一九七四年生まれのわたしは、富山県の田んぼの真ん中にある各学年一クラスしかないような小さな小学校で、いま思えばかなり実験的な授業をしていた若い男性教師に憲法第九条についてクラスで討議させられたときに、六年生になった男子のほとんどが外国に攻められたら困るので戦力を抛棄するのは不安だという意見を言うなかで、孤立無援で戦力を抛棄することの理念的な正しさを主張するような子どもだった。中学生になったときには、現代の最新戦車や新鋭戦闘機のプラモデルを作ってこっそりエアーガンを所持しているような小さな軍事マニアになっていたが、戦争中の日本に自転車を使用した銀輪部隊というものがあったことを知り、友人たちとその貧弱さを笑っていた記憶がある。

そうして戦争をしていた戦前の日本はどこか遠い世界の話で、平和憲法と民主主義を掲げた「戦後日本」とはまったく別の国であるかのように学校では教えられていたし、実際にそう思っていた。けれども事故を起こし、原子炉を大量の水で冷やさなければならなくなった原発に向かって、ヘリコプターで放水作業をしている震災後の日本は、アメリカ軍との本土決戦に備えて竹槍訓練をしていたころと、ほとんどなにも変わっていなかった。そしてそれは笑うことのできない、わたしたち自身の姿だった。

だからそのころ目にしたり耳にしたりした言葉で、叙事的な真実に触れていると感じたのは、原子力の専門家で「安全な原子力推進派」であることを公言していた武田邦彦による「原発とは戦艦大和のようなもの」という発言だった。つまり日本にとっての原発は、二一世紀の世界を見わたせばどこにも勝者などいない、二〇世紀後半以降に行われてきた経済戦争に勝つための戦艦だったのであり、その戦艦が致命的な沈み方をして日本はふたたび敗北を迎えつつあるということである。このような見方は、敗戦後の日本における原発に経済的合理性と高度な科学技術というイメージがあたえられてきた理由もよく説明してくれるが、だとすれば実際に戦艦大和が沈められた前の戦争で、日本が広島と長崎に原爆が落とされるまで戦線拡大という方針の誤りを認められなかったように、アメリカ合衆国のような物質的な豊かさを求めていつの間にかはじまっていた経済戦争で、平和憲法と民主主義を掲げた「戦後日本」は福島で原発事故が起きるまで原発推進という方針を変えられなかったことになる。

そのような意味でも、戦争中の日本と震災後の日本は重なるが、わたしがここで思い浮かべるのは、エマニュエル・レヴィナスが一九八六年ごろにフランソワ・ポワリエのインタビューに答えて語った、次のような言葉である。

過失を犯していないにもかかわらず罪の意識を抱くこと！　いわば、私は他者を知るより先に、存在しなかったある過去のときに、他者とかかわりを持ってしまっていたのです。この罪状なき有責性は非常に大事なことです。いわば、他者は私にとってつねになにものかであったのであり、いわば、他者の異邦人としての条件がまさしく私に関係していたのです。「他者は私に関係ない」ということを倫理的には私は言うことができません。政治的秩序――つまり諸制度や正義＝裁きは、たしかにこの間断ない有責性の重みを軽減してくれないわけではありません――けれども、政治的秩序、よき政治的秩序については私たちは依然として有責です。この論理を徹底的につきつめると、私は他者の死についても有責であるということになります。私は他者を一人で死ぬままに放置しておくことができません。死を取り消すことが私には不可能であるとしても。[*1]

第二次世界大戦中にフランス兵としてドイツ軍の捕虜となり、かろうじてホロコーストの時代を生き延びることになったユダヤ人のレヴィナスは、戦前はエトムント・フッサールの現象学とマルチン・ハイデガーの存在論に学び、戦後になって「他者」という概念について徹底的に考察した主著『全体性と無限』(一九六一年)で知られる哲学者である。ここでポワリエから、レヴィナスが主張する「他者に対する、他者の身代わりとしての有責性」がどのような行為によって実現されるのかを尋ねられたレヴィナスは、あるときには「他者を養うこと」が、あるときには「他者に服を着せること」が問題になると答え、それは「食べること、飲むことから始まる有責性を負っている」からだと言う。そしてその「有責性」は、言い換えれば「過失を犯していないにもかかわらず罪の意識を抱くこと」であり、突き詰めれば「他者の死」まで辿りつくと主張する。

ここでレヴィナスが語っている「他者」という概念は、しばしばホロコーストによる死者とそこから生き延びた生者を結びつけるものとして構想されたと説明されるが、ハイデガーの存在論がそうであるようにどれだけ精密に記述しても「自己」という概念に閉じ込められてしまう、哲学史上における存在論の語法を徹底して覆すものとして鍛え上げられたものである。そのような苛烈な営みを経由した言葉を、そのまま震災後の日本に移して受けとることは適切ではないかもしれないが、アメリカ軍による占領下で「都合の悪い同胞は切り捨てられても仕方ない」という「共同幻想」を受け入れることなしにははじまらなかった「戦後日本」のあとで、切り捨てられてきた「都合の悪い同胞」が震災後の現実に生きるわたしたちと結びつけられる手がかりを、レヴィナスの言葉は示しているようにわたしには思われる。

なぜならわたしたちが、震災後の日本で「戦前の日本」が行った戦争について主体的な意識をもつことは、かぎりなく「過失を犯していないにもかかわらず罪の意識を抱くこと」に近いからである。けれどもそれは「戦後日本」という時代を経由した日本にだけ当てはまるものではなく、ホロコーストが起きた第二次世界大戦のあとで生きるということに課せられた、決定的に「汚れた」世界における生者に求められる論理だとおそらくレヴィナスは考えている。そしてそれは「戦前の日本」が天皇を主権者としていたという意味でも、坂口安吾の「堕落論」に示されていたように戦争を災厄のようなものとしか感じていなかったという意味でも、日本が主体的な意識を持ちえなかった戦争について、国民を主権者とする「戦後日本」を経験したがゆえに可能になる、時間的にねじれた「他者の身代わりとしての有責性」の実現でもある。

だとすれば「戦後日本」的な「共同幻想」からの「飛躍」が可能になった震災後の日本は、これほどその論理を実践するのにふさわしい場所もない。わたしはそこで「共同幻想」として行きわたるべき「都合の悪い同胞を切り捨ててはならない」という意識によって、新しく「震災後の日本」にもたらされるものを「戦争を引きうける」という態度で言いあらわしてみたい。これは震災後の日本でしばしば語られたような「敗戦を引きうける」という態度ではない。なぜなら「敗戦」はすでに「戦争」から、戦争による死者から切り離されている。しかし戦争による死者から切り離された意識は、「戦後日本」的な「都合の悪い同胞は切り捨てられても仕方ない」という「共同幻想」から、あるいはレヴィナスが覆そうとした「自己」からはじまる存在論の語法から、自由ではない。

ではその「戦争を引きうける」という態度は、具体的にはどのようなものでありうるのか。最後にその「都合の悪い同胞を切り捨ててはならない」という意識がもたらすものの可能性を示すことで、震災後の日本で吉本隆明の『共同幻想論』を読み直すことからはじまった考察の締めくくりとしたい。

都合の悪い同胞を切り捨てない

たとえば震災前に書かれていた「都合の悪い同胞を切り捨ててはならない」という意識に貫かれている文学作品として、辻原登が二〇一〇年に刊行した長篇『闇の奥』を挙げることができる。その作品は、作者自身を思わせる語り手によるものをはじめとして、書簡体や独白体を駆使して語り方の工夫を凝らした六篇からなる、連作形式の小説である。すべての作品に共通しているのは、日本が敗戦する直前の一九四五年六月に北ボルネオで消息を絶った博物学者「三上隆」の行方を追って、敗戦後の日本で幾度か組織された捜索隊の顛末について語られているということである。

冒頭に置かれた「イタリアの秋の水仙I」で、作者自身を思わせる語り手の「私」はその「三上隆」が自分と同郷である和歌山出身であり、三上隆捜索隊を組織した旧制中学時代の同級生「村上三六」がたまたま「私」自身の父親だったと関係を説明する。そして「三上隆」が魅せられて、その存在を調査していたという小人族について語りながら、作品は敗戦後まで生存していたらしい痕跡がある「三上隆」の姿を追い求めて、またその「三上隆」が実在を確信していた小人族が存在する未知のどこかへ向かって動きはじめる。

波瀾万丈で、荒唐無稽にも見えそうな捜索隊の冒険譚をさまざまな語り口で辿っていくその作品において、出発点に置かれているのは戦争中の失踪者であり、いわば戦争による犠牲者である。

三上隆は昭和一七年（一九四二）、京都帝国大学理学部を卒業すると、台湾総督府嘱託及び総督府農事試験場研究員となって再び台湾に渡った。台湾島とその周囲の島嶼の動物地理と原住諸族の調査を精力的に行うが、小人族存在の証拠をつかむことはできなかった。

昭和一九年一〇月、陸軍省より北ボルネオの民族調査の依頼があった。表向きは依頼だが、実際は軍務命令である。その年の八月、グアム、テニアンの日本軍を全滅させた米・英・豪軍はさらにフィリピン攻略の足場としてボルネオ島をうかがう態勢にあった。一〇月二〇日、マッカーサーの米軍はレイテ島に上陸した。危険極まりない戦況下への調査旅行だったが、三上は勇んで飛び立っていった。台湾の次はどうしてもボルネオに行かねばと彼は考えていた。ボルネオ島は世界第三の大きさをもつ島であり、全体が熱帯ジャングルにおおわれている。台湾島以上に多くの蝶が生息するし、ダヤクなど原始種族、首狩族が居住している。内陸部にはまだだれも踏査したことのない密林と、外部と接触したことのない種族がひそんでいる。きっと矮人族《ネグリト》もいる……。*2

もちろん小人族という謎に満ちた存在について語った、神出鬼没の「三上隆」に幻惑される小説として楽しめばよいのだが、しかしこの存在しないものについて語っている作品に強烈なリアリティがあるのは、それが敗戦後の日本では「分離したところ」にあるはずの「戦前の日本」と「戦後日本」の幽明を行き来する構造をもっているからである。実際、戦争中に失踪した「三上隆」は「戦後日本」の現実に生きたことがないし、またその「三上隆」を探し出そうとすることは、いわば「戦後日本」から「三上隆」が生きつづけている可能性のある「戦前の日本」の空間に越境することである。

だから捜索隊についての記述が「三上隆」の存在に近づけば近づくほど、そこでは「戦前の日本」と「戦後日本」の境界は曖昧になり、やがて戦争の犠牲者として「戦後日本」から切り離されているその存在が、不在のまま実在しているとしか思えない場面まで辿りつく。つまりその作品の記述は、平和憲法と民主主義を掲げた「戦後日本」にとって「都合の悪い同胞は切り捨てられても仕方ない」という「共同幻想」にしたがって書かれてきた、戦後文学以降の作品のあり方に徹頭徹尾逆らうように成立しており、だからこそその作品は「戦前の日本」と「戦後日本」を自然に結びつけ、言葉の力によって「戦前の日本」にしか存在しなかったものを「戦後日本」以降の空間に再生する。

ではその「戦前の日本」にしか存在しなかったものとはなにか。ボルネオ島のジャングルから紀伊半島の奥深い山地、また中国奥地からチベット高原までを舞台にしたその作品で、それは誤解を怖れずに言えば、舞台となっているアジア太平洋地域がわたしたちの同胞だという感覚である。だからその作品を貫いている感情は、語り手の「私」が小人族をめぐって示唆するようにポルトガル語の「サウダーデ」、懐かしさと怖れが入り交じった、それが不在であることが悲しみと喜びをかきたてるような「えもいわれぬ虚の感情[*3]」なのである。

わたしは震災後の日本で、日本が行った戦争でアジア太平洋地域にもたらした二千万人の死者を起点に置く「戦後日本」的な「共同幻想」を「疎外」するようにして現われてきた、敗戦後の日本で「疎外」されてきた「戦前の日本」的なものを再評価しようとする「保守」的な人々が、しばしば中国や韓国をはじめとするアジア太平洋地域の人々に対し、敵対的とも侮蔑的とも言える態度を示していることに困惑を隠すことができない。なぜなら「戦前の日本」が信じて戦争を行った「大東亜共栄圏」という理念では、どれだけその意図と違った結果をもたらしたとしても、アジア太平洋地域の人々は同胞ではなかったか。つまりその「保守」的な人々による「戦前の日本」的なものの再評価は、実は「都合の悪い同胞は切り捨てられても仕方がない」という意識からまったく自由ではない、きわめて「戦後日本」的なものである。

こうして辻原登の『闇の奥』が「戦前の日本」に存在したものをありありと思い起こさせる、「三上隆」という「戦後日本」にとって「都合の悪い同胞を切り捨ててはならない」という意識をそのまま具現化したような作品だったとしたら、吉田修一が震災前後に連載して二〇一二年に刊行した長篇小説『路《ルー》』もまた、そのような意識を読みとることのできる作品である。

二〇〇七年に日本の新幹線技術を取り入れて開業された台湾高速鉄道を取り上げ、日本と台湾を舞台にして高速鉄道開業にまつわる登場人物たちを描いたその作品は、新幹線技術を輸出する商社に勤める若い日本人女性「多田春香」と、かつて台湾で一日だけ一緒に過ごした記憶を共有する建築家となった台湾人男性「劉人豪」の、国境と数年の時間をまたいだ壮大な思いやりとすれ違いの物語になっている。しかしその背後でさり気なく描かれているのは、戦前の日本統治下だった台湾出身で敗戦後は一度も「帰る」ことのなかった日本人「葉山勝一郎」と、おなじ旧制高校で学ぶ親友だった台湾人「中野赳夫」こと「呂燿宗」の六十年ぶりの再会である。

けれどもその再会は、単純に懐かしいという意味のものではない。なぜなら七十代になる「勝一郎」には、すでに亡くなった妻「曜子」をめぐって戦前の台湾で「中野」と交わした、忘れることのできない会話があったからである。ついに台湾に「帰る」ことができて「中野」と再会した「勝一郎」は、六十年ぶりにその会話を思い出す。

まるで昨日のことのように、その時の情景が浮かんでくる。あの時に交わされた会話だけが、六十年を経ても尚、この路地に落ちていたようだった。

「……学徒動員が始まれば、いずれは俺たちも戦地に出ていくことになる」と中野は夜道で言った。「……戦地へ赴けば、無事に帰国できる保証はない。でも、もしもそこに誰か自分を待ってくれる人がいれば」と。

「お、おい、ちょっと待て。お前……」と勝一郎は口を挟んだ。しかし、興奮していた中野には届かなかった。はっきりと六十年前に聞いた中野の声が蘇ってくる。

「単なるロマンチシズムだと笑ってくれてもかまわん。ただ、俺なりに一生懸命考えた末のことなんだ。もし無事に帰国できたら、俺は一生、曜子さんを……」

「待て、お前は日本人じゃない。二等国民との結婚を曜子さんのご両親が許すだろうか」

気づいた時には、もう言ってしまっていた。取り返しのつかない言葉だった。

「……いや、違う。曜子さん自身が本当にそれで幸せになれると思うかどうか」

勝一郎は慌てていた。目の前には中野の顔があった。ただ、そこには表情がなかった。怒りも、悲しみも、悔しさも、何一つ中野は見せてくれなかった。[*4]

この政治的に正しくない、また実質的に「大東亜共栄圏」という理念も裏切っている会話を交わした「戦前の日本」における「勝一郎」の姿は、平和憲法と民主主義を掲げた「戦後日本」では「都合の悪い同胞」の姿として、社会的にも自分自身にとってもなかったことにされてきたはずである。だからこそその決定的なすれ違いから一九四五年の敗戦を経て、かつての親友同士として再会するまでに六十年の時間が必要だったのだが、しかしそれは「戦後日本」的な「共同幻想」の外では、けっして「切り捨ててはならない」記憶である。

なぜならそのようなことが起きたという「都合の悪い同胞」の記憶を受け入れることこそ、わたしたちが震災後の日本で主体的な意識によって「戦争を引きうける」第一歩を意味するからである。そしてその「勝一郎」の姿がわたしたちの同胞のものだとすれば、そのまま「勝一郎」の親友である「中野」もまた同胞になる。もちろん作品の現在における「中野」は台湾人だが、かつて「戦前の日本」では文字通り同胞だったのであり、そのあとの場面で「中野」と「勝一郎」が和解するように、そうして敗戦ではなく「戦争を引きうける」ことをしなければ、わたしたちは戦争を行った主体としてアジア太平洋地域に向き合うことはできないし、またその意識のなかで日本国内における三百万人の死者とアジア太平洋地域における二千万人の死者が「ねじれ」なく結ばれることもない。

だからわたしは、震災後の日本で「戦前の日本」的なものを再評価しようとする「保守」的な人々を、平和憲法と民主主義を掲げて苛烈に批判する「リベラル」的な人々にも、同様に懐疑的である。なぜならおなじわたしたちが「戦前の日本」では一九四五年の敗北に終わる戦争をくり返すだろうという「戦争を引きうける」態度なしには、やはり「戦後日本」以降の現実で「戦争をしない」態度を選ぶという主体的な選択にまったくリアリティが宿らないからである。

だとすればこれらの震災前でも震災後でもそれほど多くない、しかしたしかに「都合の悪い同胞を切り捨ててはならない」という意識に貫かれているように見える文学作品が語りかけてくるなかに、わたしは真の意味で「戦後日本」を終わらせてはじまる「震災後の日本」の起源に置かれるべき言葉があると信じる。

＊1　エマニュエル・レヴィナス／フランソワ・ポワリエ、『暴力と聖性』、一三〇ページ
＊2　辻原登、『闇の奥』、一六―一七ページ
＊3　『闇の奥』、二二ページ
＊4　吉田修一、『路《ルー》』、四二三ページ

あとがき

わたしはふだん文芸評論と呼ばれる種類の文章を書いているが、では文芸評論とはなにかと言われると返答に窮する。

文学者や文学作品について論じているという意味では文学研究に似ているが、しかし存命の作家や新しい小説について語るためには、それはしばしば学術的な体裁をもつことができない。しかも小林秀雄が文芸評論というジャンルを成立させてから、別に文学者や文学作品について論じていなくても文芸評論は存在しうる。なぜなら小林秀雄自身が、美術や音楽についても文芸評論を書いたからである。

そういう意味で言えば、吉本隆明は哲学や思想について文芸評論を書いたと言えそうである。だからその文芸評論は、思想書として読みうる。小林秀雄が文芸評論を美術や音楽について語れるものにしたとしたら、吉本隆明は文芸評論を哲学や思想について語れるものにした。文芸評論家の文章がそのまま思想書でもあるという事態は、そこから生まれる。

吉本隆明の『共同幻想論』を思想史上の名著として読み直すという企画は、その点で非常に素晴らしいと思った。学術的な体裁をもった文章を書くのが不得手でありながら本書を引きうけたのは、文芸評論が思想書でありうるという事態について文芸評論が書けるかもしれないと感じたからだが、編集者の中西豪士氏にはその不得手な部分で多大なご苦労とご迷惑をおかけしたに違いない。氏の的確な助言と助力がなければ、こうして無事に一冊にまとまることはなかった。そのことを記して謝意を示したい。

吉本隆明の『共同幻想論』は、思想書として時代のなかで大きな影響をおよぼしたが、その影響力は時代を超えていくものだと思う。これまであまり吉本隆明の著作に親しんでいなかった読者にも、震災後の日本でうまくそのことが伝わることを願う。

二〇一七年一月

田中和生

参考文献

いとうせいこう［二〇一五（二〇一三）］『想像ラジオ』、河出書房新社（河出文庫）
伊東祐吏［二〇一〇］『戦後論　日本人に戦争をした「当事者意識」はあるのか』、平凡社
内田樹［二〇〇八］『昭和のエートス』、バジリコ
内田樹・編［二〇一五］『日本の反知性主義』、晶文社
梅崎春生［一九八九（一九四六）］『桜島　日の果て　幻化』、講談社（講談社文芸文庫）
江藤淳［一九九五（一九八〇）］「他人の物語と自分の物語」、『一九四六年憲法――その拘束』、文藝春秋（文春文庫）
奥野健男［一九九六（一九七二）］『坂口安吾』、文藝春秋（文春文庫）
笠井潔［二〇一二］『8・15と3・11――戦後史の死角』、NHK出版（NHK出版新書）
鹿島茂［二〇〇九］『吉本隆明1968』、平凡社（平凡社新書）
加藤典洋［一九九五（一九八五）］『アメリカの影』、講談社（講談社学術文庫）
加藤典洋［二〇〇五（一九九七）］『敗戦後論』、講談社（ちくま文庫）
木村朗［二〇一六］『核の戦後史　Q&Aで学ぶ原爆・原発・被ばくの真実』、創元社
桐野夏生［二〇一六］『バラカ』、集英社
小出裕章［二〇一一］『隠される原子力・核の真実――原子力の専門家が原発に反対するわけ』、創史社
西郷信綱［二〇〇八（一九九九）］『古代人と死』、平凡社（平凡社ライブラリー）
坂口安吾［二〇〇四（一九四六）］「堕落論」、『日本近代文学評論選【昭和篇】』、岩波書店（岩波文庫）
白井聡［二〇一三］『永続敗戦論』、太田出版
高木仁三郎［二〇一一（二〇〇〇）］『原子力神話からの解放』、講談社（講談社＋α文庫）

竜田一人［二〇一四―二〇一五］『いちえふ　福島第一原子力発電所労働記（1）―（3）』、講談社
辻原登［二〇一三（二〇一〇）］『闇の奥』、文藝春秋（文春文庫）
中川保雄［二〇一一（一九九一）］『放射線被曝の歴史』（『〈増補〉放射線被曝の歴史』）、技術と人間（明石書店）
中野重治［一九九六（一九四六）］「批評の人間性　一」、『中野重治評論集』、平凡社（平凡社ライブラリー）
西川長夫［二〇一一］『パリ五月革命　私論――転換点としての68年』、平凡社（平凡社新書）
橋川文三［二〇一五］『ナショナリズム――その神話と論理』、筑摩書房（ちくま学芸文庫）
橋爪大三郎［二〇一二］『永遠の吉本隆明［増補版］』、洋泉社（洋泉社新書y）
樋口健二［一九八一］『闇に消される原発被曝者』、三一書房
百田尚樹［二〇〇九（二〇〇六）］『永遠の0』、講談社（講談社文庫）
平野謙［二〇〇四（一九四六）］「ひとつの反措定」、『日本近代文学評論選【昭和篇】』、岩波書店（岩波文庫）
堀江邦夫［二〇一一（一九七九）］『原発ジプシー』、現代書館（二〇一一年の講談社文庫版では『原発労働記』と改題）
本間龍［二〇一二］『電通と原発報道――巨大広告主と大手広告代理店によるメディア支配のしくみ』、亜紀書房
本間龍［二〇一六］『原発プロパガンダ』、岩波書店（岩波新書）
丸山眞男［一九五六］『現代政治の思想と行動』、未來社
三島由紀夫［一九七〇］「柳田国男「遠野物語」――名著再発見」、読売新聞一九七〇年六月一二日
安田浩一［二〇一二］『ネットと愛国――在特会の「闇」を追いかけて』、講談社
柳田国男［一九八〇（一九三〇）］『蝸牛考』、岩波書店（岩波文庫）
吉田修一［二〇一二］『路《ルー》』、文藝春秋
吉本隆明［一九五六］『文学者の戦争責任』、淡路書房
吉本隆明［一九六二］『擬制の終焉』、現代思潮社

吉本隆明［一九八二（一九六八）］『共同幻想論』、角川書店（角川文庫）
吉本隆明［一九八三］『「反核」異論』、深夜叢書社
吉本隆明［一九八五］『重層的な非決定へ』、大和書房
吉本隆明［一九九一（一九七〇）］『高村光太郎』、講談社（講談社文芸文庫）
吉本隆明［二〇一二］インタビュー「「反原発」で猿になる！」、「週刊新潮」二〇一二年一月五・一二日号
Apostolidés, Jean-Marie［1981］*LE ROI-MACHINE*、ジャン＝マリー・アポストリデス、『機械としての王』、水林章・訳、［一九九六］みすず書房（みすずライブラリー）
Levinas, Emmanuel, Francois, Poirie［1987］*Emmanuel Levinas*、エマニュエル・レヴィナス、フランソワ・ポワリエ『暴力と聖性――レヴィナスは語る』、内田樹・訳、［一九九一］、国文社
Marx, Karl［1844］*Okonomisch-philosophische Manuskripte*、カール・マルクス、『経済学・哲学草稿』、城塚登・田中吉六・訳、［一九六四］、岩波書店（岩波文庫）
Rousseau, Jean-Jacques［1761］*Julie ou la Nouvelle Héloïse*、ジャン＝ジャック・ルソー、『新エロイーズ』、安士正夫・訳、［一九六〇］、岩波書店（岩波文庫）
Sartre, Jean-Paul, Philippe Gavi, Pierre Victor［1973］*On a raison de se révolter*、ジャン＝ポール・サルトル、フィリップ・ガヴィ、ピエール・ヴィクトール、『反逆は正しいI――自由についての討論』、鈴木道彦・海老坂武・訳、［一九七五］、人文書院
Shakespeare, William［1595-1596］*Romeo and Juliet*、ウィリアム・シェイクスピア、『ロミオとジュリエット』、小田島雄志・訳、［一九八三］、白水社（白水uブックス）
Todd, Emmanuel［1983］*La Troisième Planète*、エマニュエル・トッド、「第三惑星」、荻野文隆・訳、［二〇〇八］、『世界の多様性　家族構造と近代性』、藤原書店

［**ホームページ**］（二〇一七年一月二三日確認）
SEALDs（http://www.sealds.com）
「原子力資料情報室」（http://www.cnic.jp）
「低線量被ばくのリスク管理ワーキンググループ報告書（二〇一一年一二月二二日公表）」、（http://www.cas.go.jp/jp/genpatsujiko/info/twg/111222a.pdf）

読書案内

吉本思想への共感の回路をたどっていく

田中和生

二〇一二年三月に吉本隆明が亡くなって、もう五年近く経った。二〇一四年から**『吉本隆明全集』**（晶文社）が、全三八巻で刊行中である。書かれたすべての著作を収録するという画期的な編集方針だが、どこから読みはじめていいかわからないというのも、若い世代や生前からその著作に親しんでいたわけではない読者にとって、正直な悩みだろう。

再刊や再編集のものもあるので、正確に一冊と数えられない本もあるが、共著や対談を除いた吉本の著作は、私家版で一九五二年に刊行された詩集『固有時との対話』から、優に百冊を越える。しかも詩人、評論家、思想家として多面的に活躍したので、安易に代表作を挙げることもできない。わたし自身は、詩人として出発した吉本の本質は文芸評論にあり、批評的散文の書き手として世界文学に位置づけられると考えているが、それはかなりわかりにくい評価の仕方でもあるので、しばしば形容される「戦後最大の思想家」というイメージにしたがって近づいていくのが、もっともわかりやすい方法になるだろうか。

ではその代表作はなにかと言えば、すべて角川ソフィア文庫で手に入れることができるが、吉本隆明が一九六〇年代に体系的な著作として取り組んだ、一九六五年刊の**『言語にとって美とはなにかⅠ・Ⅱ』**（角川書店）、本書でも取り上げた一九六八年刊の**『共同幻想論』**（角川書店）、一九七一年刊の**『心的現象論序説』**（角川書店）の三部作である。しかし急いで付け加えなくてはいけないが、これらの著作にいきなり取り組むのはできれば避けた方がいい。いずれ読むべき著作として題名は覚えておく必要はあるが、吉本がいったいどんな人物でどんな問題意識をもっていたのか、ある程度イメージをつかんでから取り組みたい。

どうしてそういう読み方になるかと言うと、吉本自身がその時代ごとに自分が問題だと感じていたことに全力で取り組む書き手だったからであり、生前からその著作に親しんでいた読者はなによりその姿勢に共感していた。だからその三部作以前に、たとえば『芸術的抵抗と挫折』(一九五九年)や『抒情の論理』(一九五九年)、『異端と正系』(一九六〇年)や『擬制の終焉』(一九六二年)といった著作で吉本に出会っていた読者は、いわば書き手である吉本隆明と一緒に時代のなかで成長したのであり、その延長線上でかなり難解なところもある三部作に取り組むことができた。だとすれば最初に手に取るべきなのは、そうした共感の回路を見出せるような著作ということになる。

思想家としての吉本は「母」や「母型」という概念に強くこだわったが、人間吉本の体温がもっともよく感じられるのは「父」や「父性」について語った文章である。夏目漱石や森鷗外をはじめとする文学者にとっての「父の像」について語った部分と、自分自身の「父の像」についてい語ったエッセイを収めた**『父の像』**(筑摩書店)が、その意味で非常に印象深い。思想家という厳めしい言葉の印象を裏切って、吉本の文章ははにかみながら本音を語っているような、あまりなめらかではないごつごつとした語り口が魅力である。

吉本がきわめて個人的な場所から「真実」を語ろうとしているときの言葉の感触がつかめたら、次に文学史上の詩人たちについて個人的な思い入れと卓越した解説をない交ぜにして語った、副題に「わが出会いの詩人たち」と付けられた詩人論集**『際限のない詩魂』**(思潮社)を読みたい。高村光太郎や宮沢賢治のような近代詩人から鮎川信夫や田村隆一のような戦後詩人まで、詩を書くという孤独な営みに対する眼差しの公正さと詩人たちの孤独な内面に対する共感の強さが印象に残る。そこで詩人として出発した吉本の問題意識に向き合いたいという感覚が生まれれば、講談社文芸文庫で手に入る若き日の詩人論**『高村光太郎』**(講談社)に正面から取り組むことができる。

思想家としての吉本に近づくための一冊を選ぶとすれば、それは一九九〇年代に刊行された**『母型論』**(思潮社)になるだろう。これは吉本自身がそう書いているが、日本民俗学の泰斗だった柳田国男が晩年にその学知を傾けて試みた『海上の道』のような、可能なかぎり柔らかい言葉で徹底して本質的なことを語ろうとした一冊である。そこにある問いを要約すれば「人間はどこから来たのか」というものだが、エッセイとしても思想書としても読むことができるその文章は、吉本が書きつけた散文の頂点を示す。そこで惜しげもなく散りばめられている、人間や言語についての独創的な考察とそれをささえる詩的なイメージを存分に味わった読者は、もう代表作である三部作に取り組む準備ができているはずである。

最後に手に入れやすいもののなかから、いくつかテーマを絞って選ぶとすれば、人間吉本に惹かれる人には、平凡社ライブラリーのエッセイ集『**背景の記憶**』(平凡社)を、もっと多くの吉本による詩や詩人についての解説が読みたい人は、新潮文庫の『**詩の力**』(新潮社)を推薦したい。それから日本語で思想を語るという行為が、西欧的な伝統に拮抗しながらどこまで辿りつけるのかという凄みを感じたい人には、ちくま学芸文庫に入っている『**最後の親鸞**』(筑摩書房)を、一九八〇年代以降の高度資本主義社会における批評のあり方を知りたい人には、講談社文芸文庫に収められている『**マス・イメージ論**』(講談社)をお薦めしたい。

田中和生（たなか・かずお）

1974年、富山県生まれ。慶應義塾大学経済学部、文学部仏文学科卒業。

2000年、評論「欠落を生きる――江藤淳論」で第七回三田文学新人賞を受賞。

現在、法政大学文学部日本文学科教授。

著書として『江藤淳』（2001年、慶應義塾大学出版会）、『あの戦場を越えて 日本現代文学論』（2005年、講談社）、『新約 太宰治』（2006年、講談社）、『吉本隆明』（2014年、アーツアンドクラフツ）など。

いま読む！名著
震災後《しんさいご》の日本《にほん》で戦争《せんそう》を引《ひ》きうける
吉本隆明『共同幻想論』を読み直す

2017年2月15日　第1版第1刷発行

著者　田中和生
編集　中西豪士
発行者　菊地泰博
発行所　株式会社現代書館
〒102-0072 東京都千代田区飯田橋3-2-5
電話 03-3221-1321　FAX 03-3262-5906　振替 00120-3-83725
http://www.gendaishokan.co.jp/
印刷所　平河工業社（本文）　東光印刷所（カバー・表紙・帯・別丁扉）
製本所　積信堂
ブックデザイン・組版　伊藤滋章

校正協力：渡邉潤子

ISBN978-4-7684-1009-7
定価はカバーに表示してあります。乱丁・落丁本はおとりかえいたします。

活字で利用できない方のための
テキストデータ請求券
『震災後の日本で
戦争を引きうける』